#113

곽민지

홀로, 함께!

아니
요즘
세상에
누가

아니 요즘 세상에 누가

다양한 선택을 존중하며
더불어 혼자 사는 비혼의 세상

곽민지 지음

위즈덤하우스

혼자 맞는 아침의 고요

마주 앉은 든든한 동료

서로의 온른탈, 인탈플

새롭고 발랄한 4인 가족

홀로서 더 무한히 확장하는

빛나는 혼자,
비혼자들 :)

차
례

비혼 선언 :

거창하게 뭐 결심씩이나

비혼 경조사 :

행복과 슬픔을 나눌 때에는 계산하지 않아요

비혼 라이프 :
나의 보호자로 나 데리고 살기

비혼 공동체 :

완벽하게 이해할 수는 없어도
완전하게 사랑할 수 있다

누가 이런 걸로 책을 내냐

"아니, 다시 앉아봐. 나는 결혼을 안 할 거라고."

시작은 내 인생 8할을 차지한 그것, 인정 욕구였다. 결혼을 할 마음이 없는데, 그놈의 결혼은 언제 할 것이냐고 묻길래 그럴 마음이 없다고 했는데도 곧이곧대로 받아들여지지 않았던 시간들. "저러다가 가겠지." 혹은 "너 같은 애가 제일 먼저 결혼한다." 같은 말이 돌아올 때, 나를 있는 그대로 받아들여 주지 않는 게 서운한 마음에 계속해서 말을 하기 시작한 것이다. 아니, 이상하지 않은가. 언제 하냐기에 안 한다고 했으면 '그렇구나' 하면 될 것을, 내게 의견을 물어놓고는 결론은 자기네들끼리 이상하게 내는 것이. 중식당에 갔는데 사장님이 짜장면, 짬뽕 중 뭘 먹겠느냐고 해서 짬뽕이라고 했으면 '네!' 하면 될 일을, "저러다 짜장면 먹겠지, 뭐." 하고 내 주문을 메모하지 않는다고 가정해보자.

대체, 왜 안 듣는 거예요?
이럴 거면 내 생각은 왜 물어본 거예요?

그래서 오기가 발동한 것이다. 내 마음을 무시해? 그렇다면 나는 짬뽕 연대를 조직해 진지하게 한번 떠들어 젖혀보겠어. 텔레비전에서도 짜장면 먹는 사람들의 이야기만 나오니까, 우리 짬뽕인들의 이야기를 하기 위해 내가 차린 짬뽕 방송. '비혼 라이프 가시화 팟캐스트, 비혼세'는 그렇게 시작되었다.

방송을 시작한 지 일 년이 넘어가는 지금, 다시 봐도 정말 제목 하나는 기가 막히게 잘 지었다. '비혼세'가 아니라 '비혼 라이프 가시화 팟캐스트'라는 제목이. 그저 다양한 비혼자가 기혼자만큼이나 여기저기에서 잘 살고 있다는 걸 보여주자는 생각으로, 나와 비혼자 친구들의 일상을 이야기하기 시작했다. 그런데 의도치 않게 이것이 계기가 되어 언론사와 인터뷰도 하게 되고, 다큐멘터리에서도 떠들게 되고, 칼럼도 쓰게 되었다. 짬뽕에 진심이라는 말을 하고 싶었을 뿐 내 인생 전체가 짬뽕은 아닌데, 나는 마치 삼시 세 끼 짬뽕만 먹고 짬뽕 티셔츠를 입고 일하다가 짬뽕 파자마를 입고 잠드는 사람으로 전시되고 있었다. '굳이 뭘 저렇게까지 해. 웃기는 짬뽕이네.' 같은 소리를 듣기도 했고, 급기야 짬뽕 책 제의를 받았을 때는 이러다가 내 묘비명에 '곽민지, 짬뽕만 먹다 이곳에 잠들다'가 적히는 게 아닌지 잠시 고민이 되었다.

'아, 이럴 일은 아닌데.'

그러다 문득, 이게 정말로 흥미로운 현상이라는 생각이 들었다. 2021년에 결혼 생각이 없다고 선언하고 관련된 이야기를 하는 것만으로 이렇게나 주목을 받다니! 도대체 이 사회는 어쩜 이토록 결혼에 진심이란 말인가. 처음 팟캐스트를 시작할 때는 지천에 결혼을 했거나 언젠가 기혼자로 편입될 사람들의 이야기밖에 없으니까 재미 삼아 만들어본 것이었는데, 이렇게 주목을 받고 지속된다는 것에 회를 거듭할수록 놀라게 되었다. 결혼을 안 할 거라는 얘기 좀 했기로서니 출간 제의까지 오다니. 그렇다면 나는 훗날 우리 조카 준이와 솔이에게, 혹은 카페에서 책을 보며 노닥거리다 눈이 마주친 옆자리 어린이에게 썰이라도 풀 수 있도록 '이 모든 걸 다 해보자'는 마음을 먹게 되었다.

"옛날엔 말이야. 결혼을 하지 않을 거라고 한 것만으로 책을 낼 수 있었단다. 요즘처럼 남이 결혼을 하거나 말거나 관심 갖지 않는 세상에선 상상도 못 할 일이지? 라떼는 그랬어. 이 할미가 그걸로 돈 좀 만졌단다."

미래에서 와 이 책을 집어 든 당신, '결혼 안 하는 게 뭐라고 이런 걸로 책을 내고 앉았어?'라고 생각하신다면 2021년의 비혼세들에게 축하를 건네주시길 부탁드린다. 라떼는 이런 것도 책이 됐었다. 비혼이라고 내세우면 인터뷰도 막 들어오고 책도

어마어마하게(주술적 효과를 기대하며) 팔리고 막 그러는 시기가 진짜로 있었다! 내가 바로 증인이다! 결혼을 안 한다고 하면 질문을 진짜 많이 받았었다! 진짜로 안 한다고 아무리 이야기를 해도 아무도 믿어주지 않고 막 그랬었다!

'에이, 요즘 세상에 그런 게 어딨냐. 2021년이 쌍팔 년도도 아닌데 '그래도 결혼은 해야지' 같은 말이 실제로 존재했다고?'

진짜일 리 없다는 생각이 드실지도 모른다. 그럴 줄 알고, 이제부터 2021년에 비혼으로 살다 간 사람의 평범하고 소소한 이야기를 늘어놓을까 한다. 이 책이 나오고 나면 이제 내 묘비에는 '비혼 비혼, 누가 말했나. 비혼세가 말했지'가 새겨질 것이고 온오프라인에서 비혼을 외친 요상한 사람이 되겠지만 '그때는 저런 걸로도 책을 다 냈었대'라는 소리가 나올 정도로 비혼이 대수롭지 않아지는 세상을 꿈꾸며 나는 쓴다. 비혼이 밥 먹여준다. 땅을 파도 돈 한 푼 안 나오는 2021년에 비혼을 하면 돈이 나온다는 것을 통장에 찍힌 인세로 만끽하기 위해서라도 나는 쓴다! 그러니 여기까지 읽고 내려놓지 마시고, 책을 구입하여 저의 노후 자금 펀딩에 동참해주세요. 그렇게, 우리 '더불어' 혼자 살아요!

비혼

선언

거창하게 뭐

────────────

결심씩이나

\\|/

안녕하세요

비혼입니다

아침에 눈을 뜨는 것은 오전 10시경이다. 더 잘 때도 있고, 누운 채로 밀린 메일을 읽거나 DM을 확인하기도 한다. 미팅은 거의 2시부터 있기 때문에 침대에서 나오는 시간도 그때의 기분으로 내가 정한다. 일어나면 연하게 블랙커피를 타 먹고, 눈곱이 낀 채로 사이클에 올라가 40분을 탄다. 사이클을 타면서 밀린 메일 답장들을 하고 오늘 할 일을 점검한다. 내려와서 씻지 않은 채로 유튜브나 넷플릭스를 틀어놓고 냉장고를 열어 눈에 띄는 것들로 아침 겸 점심을 차려먹는다. 식사가 끝나면 1회분, 1인분만큼의 커피콩을 그라인더로 분쇄한 후 베트남에서 사 온 1인용 커피 핀에 올려서 1인분의 커피를 내린다. 그제야 샤워를 하고, 미팅을 간다.

미팅을 다녀온 다음에는 운동 스튜디오에 간다. 그날의 컨디션에 따라 안 갈 때도 있지만 대부분은 간다. 보통 운동을 한 후 단백질 위주의 저녁 식사를 하기 때문에 저녁을 어떻게 먹을지는 7시쯤에 운동 여부를 결정한 후에야 정해진다. 운동을 마치고 집에 돌아오면 10시. 맥주나 와인을 곁들여 풍족하게

안녕하세요, 비훈입니다 :)

저녁 식사를 하면서 좋아하는 DJ의 라디오를 듣거나 넷플릭스를 본다.

식사가 끝난 자정, 많은 경우 이때부터 글을 쓰거나 필요한 기획안 혹은 대본 작업을 한다. 다음 날 미팅이 없는 날에는 할 수 있는 한 드라마나 영화를 보면서 나만의 회식을 한다. 동네에 사는 친구가 들를 때도 있다. 일을 하든 하지 않든 보통 새벽 4시경에 잠든다. 그리고 다시 10시에 일어난다.

주말은 가족, 친구와 지내지만 가장 좋아하는 것은 나 혼자서 보내는 것이다. 하루 종일 누워 있기도 하고 집에서 가까운 남산에 올랐다가 내려오는 길에 집 근처에서 생맥주를 한잔하고 돌아오기도 한다. 명절은 부모님과 보내려고 노력하고, 그렇지 않은 경우 고향에 가지 않는 동네 친구들과 보낸다. 배구 팬이 된 후로는 배구 경기 시간 위주로 여가 시간을 짠다. 동참할 사람이 있으면 함께 배구장에 가거나 중계를 보고, 없으면 없는 대로 편하게 관전을 한다.

이 중에서, 내가 결혼했을 경우 유지할 수 있는 일상은 얼마나 될까? 아니, 그에 앞서 내가 결혼해야 할 필요성은 내 일상 어디에 있을까? 나는 내가 일상을 스스로 꾸리는 느낌이 중요하고, 나 스스로에 맞춰진 재무 계획과 생활 수칙을 꾸리며 지키고 있다. 매일의 유동적인 삶이 누군가에겐 불안이겠지만 내겐 원할 때 원하는 일을 할 수 있도록 가능성을 열어두는 기본 세팅이다. 누군가에게는 결혼이 안정이겠지만, 나 같은 사람에게는 내가 컨트롤할 수 없는 리스크 요소이기도 하다. 원할 때 사랑을 하고, 내가 원하는 것을 찾아 타인의 동의나 합의를 구하거나 강요하지 않고 이사를 하고, 스스로가 자연스러운 시간에 식사를 하고 움직이는 삶.

비혼이 결혼을 이긴 것이 아니다. 비혼과 결혼을 저울에 올려놓고 비혼이 낫다고 생각한 게 아니다. 그보다는 자연스럽게 내 일상에 결혼이 들어올 틈과 이유가 없다는 것을 몸으로 느끼고 살아갈 뿐이다. 평생을 그렇게 느껴온 나로서는 마치 내가 결혼을 향해 달리다가 급커브라도 돌아 유턴이라도 한 듯 '왜 비혼자로 살기로 했느냐?'는 질문을 받으면 난감하다. 어디부터 이야기해야 할지 모르겠다. 때로는 그런 질문 자체가 그들이 내 삶에서 어떤 결함을 발견했기 때문에 그걸 굳이 내게 알려주려는 시도같이 느껴지기도 한다. 한동안 스스로 '나의 어떤 면이 그들을 불안하게 만드는 걸까?' 궁금해하기도 했지만 이제는 나의 일면이 그들을 불안하게 만드는 게 아니라 비혼자의 일상을 들여다본 경험이 없는 데서 온 이질감 때문이란 걸 안다. 그걸 깨우쳐준 것은 나와 비슷한 비혼자 친구들이었다. '이런 친구들이 있다면 외롭지 않아!', '죽을 때까지 비혼으로 함께하자!'는 결의 때문은 아니다. 오히려 나처럼 비혼자로 살고 있는 사람들에게서 보이는 자연스러움, 그 기시감이 분명 나 같은 사람들이 우리 원 밖에도 많으리라 확신하게 해주었다. 적어도 우리가 이상해 보이는 이유는 그저 우리가 보이지 않기 때문이라는 답을 얻었다.

팟캐스트 비혼세는 그렇게 이어지고 있다. 우린 너무 멀쩡히 재밌게 잘 살고 있는데 소문이 안 나네, 싶어서. 누군가와의 비교나 레이스 위에 오를 필요 없이, 그냥 여기에 이렇게 있다는 것을 알려주는 것으로 내 우주가 바뀌리라는 확신을 가지고. 나와 비슷하게 서로를 알아본 청취자들과 게스트들이 역시 같은 방식으로 나를 누군가와 비교하거나 경쟁시키지 않고 있는 그대로 받아들여 주어서 비혼세는 지금도 계속되고 있다. 우리는 '비혼세'의 본딧말처럼 '비혼의 세상'에 대해 이야기하고 있다. 여전히 저 밖의 사람들은 우리를 잔 다르크나 투사처럼 보지만, 모든 소수 혹은 소수로 취급당하는 사람들의 투쟁이 가시화에서 시작한다는 걸 고려하면 쓸쓸하지만 해야 할 일이다.

나는 당신이 '무엇'이냐고 묻기 전에 당신의 일상을 알고 싶어 하는 사람이 되고 싶다. 당신에게 섣불리 이름을 붙이거나 당신은 왜 그런 존재로 살아가냐고 질문하는 것이, 때로는 당신을 외롭게 만들 수 있음을 내 일상 속에서 배웠기 때문이다. "제가 원래 초콜릿을 좋아하는데요."라든가, "제가 차녀라 그런 건진 모르겠는데~"로 시작되는 문장들처럼, 당신이 드러내기로 결심하고 보여주는 부분부터 당신을 알아가고 싶다. 그러면 언젠가 우리는 왜 결혼을 했는지 혹은 안 했는지도 자연히 알게 되겠지. 그게 중요한 문제가 아니라는 것도 말이다.

가끔 팟캐스트를 하고 글을 쓰는 것은 정말 행복한 일이라는 생각을 한다. 나의 조각들을 알아주는 사람이 많다는 것은 리스크인 동시에 베네핏이기도 하다. 그래서, 동시에 더 많은 사람들이 자신의 이야기를 꺼내놓으면 좋겠다고 생각한다. 우리가 서로에게 무례하지 않는 길은 우리가 얼마나 다채로운지를 계속해서 확인하고 조심하는 길뿐이라고 믿기 때문이다. 내기준에서의 보통은 나에게만 국한된 고유한 세계라는 것, 내 기준에서의 정상은 내가 규정한 정상에 지나지 않는다는 것을 글로 쓰는 일, 결국 자신의 세계를 말하는 일은 우리가 서로에게 실수하지 않도록 도와주고 기회를 주는 일이라는 생각이 든다.

모두가, 자신이 누구인지 자꾸 말해주면 좋겠다. 내가 나대로 살아도 괜찮다고 느끼려면 내가 정상이라고 느끼는 범주에 포함되는 일보다는 세상에는 수억 개의 존재가 수억 개의 방식으로 존재한다는 걸 아는 게 효율적이기 때문이다. 내가 분홍색 머리를 하고 싶은데, 문 밖으로 나갔을 때 갈색 머리조차 없이 검은 머리들만 가득하다면 우리는 용기를 잃는다. 하지만 분홍색 머리는 없더라도, 분홍색 머리를 제외한 모든 것, 연두색 머리, 파란색 머리, 노란색 머리가 어깨를 펴고 거리를 활보하는 세상이라면 분홍색 머리의 기쁨을 만끽할 수 있게 될 테다. 결혼하지 않아도 좋고, 결혼해도 좋다. 자신만의 방식으로 선택하고 그 이야기를 들려주면 좋겠다.

그게 아주 지극히 당연하고 평범한 이야기일지라도.

해방촌에서 폴댄스를 하고 커피와 맥주를 좋아하며 (현재는) 보라색 머리를 한 37세 비혼자로부터.

\\|/

숙소 때문에
결혼할 수 없어

내가 처음으로 만난 비혼주의자 여성은 스물다섯 즈음 첫 직장에서 만난 선배 E였다. 첫 직장은 남성 비율이 압도적으로 높은 곳이었고, 여자 선배들을 만나는 것은 쉬운 일이 아니었다. 그중 많은 선배들은 결혼을 했다. 결혼을 하지 않았더라도, 만나는 이성 파트너가 있고 먹고살 만한 직업이 있다는 것이 알려지면 결혼 질문이 쇄도했다. 나도 예외가 아니었다.

당시 나도 만나는 남성 애인이 있었는데, 애인도 있고 취업을 했으니 다음 스텝은 결혼이라는 모두의 동의가 당사자인 나를 제외한 많은 사람들에게 있었나 보다. 결혼 안 하느냐는 질문을 받았을 때, 처음으로 결혼에 대해 상상하게 되었지만 그려지는 그림이 없었다. 결혼 생각이 없다고 하자 왜 그러느냐는 질문이 돌아왔다. "그냥 정말, 지금은 결혼에 대해서 아무 생각이 없어요."라고 답했다. '지금은' 생각이 없다고 대답한 이유는 나중에는 생기겠거니 생각했기 때문이다. 당시에는 '결혼 생각'이라는 것이 2차 성징 때 나는 털처럼 언젠가는 생겨날 것이라고 생각했다. 주변에 결혼하지 않겠다고 말하는 사람을 본 적이 없었으므로.

몇몇 회사 사람들은 사랑의 유일한 결실이 결혼이라 믿었는데, 또 그중 일부는 남성의 사랑을 받는 것이 여성의 최대 스펙인 것처럼 떠들기도 했다. 그런 사람들의 공통점은 모든 여성이 결혼하고 싶은 열망에 휩싸여 있으며, 모든 여성을 그들의 애인으로부터 결혼하자는 말이 나오기를 목 빼고 기다리는 사람 취급한다는 데 있었다.

- 남자친구가 결혼하자는 말 안 해'줘'?
- 프러포즈 아직 못 받았어?
- 널 별로 진지하게 생각 안 하는 거 아냐?

…같은 소리를 해가면서, 취업이라는 1차적 성취를 이루고 자기 일을 하고 있는 여자들을 신나게 깔아뭉갰다. 결혼이란 자고로 남자가 프러포즈를 하고 여자는 'Yes'를 외치는 것이라 철석같이 믿는 이들의 입장에서는, 같은 직급, 연봉을 받더라도 '결혼 주도권'이 있는 남성이 당연히 여성보다 우위에 있는 것이었다. 똑같이 결혼하지 않은 상태에 있어도 행위의 주체인 남성은 '선택'을 하는 입장이라 아직 결혼할 마음이 없는 것으로 받아들여졌지만, 반면 여성은 선택받지 못한 딱한 사람 혹은 실패한 사람처럼 묘사됐다. 그때 내 주변에 결혼을 하지 않은 선배들이 그저 미혼이었는지, 비혼주의자였는지는 지금도

알 방법이 없다. 훈수 두기 좋아하는 이들이 쏟아내는 결혼 어택에 듣기 피곤하다는 표정으로 '그러게 말이에요.' 하고 대답하는 것이 대응 매뉴얼이었기에, 그게 진심인지 얼른 이 무례한 대화를 끝내기 위해 관습적으로 선택한 문장인지 알 길이 없기 때문이다.

그런 와중에 만난 나의 첫 비혼자 선배 E의 책상에는 언제나 마그넷이 많았다. 해외여행을 가면 마그넷을 그렇게 사 왔다. E 선배의 책상 파티션에는 화단에 있는 꽃처럼 중앙에 업무 관련 메모가 몇 개 꽂혀 있고, 전 세계에서 가져온 마그넷이 그 주변을 빼곡히 두르고 있었다. 선배는 여행을 좋아했고, 나도 여행을 좋아했다. 언젠가 우리는 여행지의 숙소에 대해서 이야기를 나눈 적이 있는데, 호스텔 20인실에도 아무렇지 않게 잘 잔다는 내 이야기를 듣더니 E 선배가 대뜸 말했다.

"나는 숙소에 돈을 가장 많이 쓰는 편이야. 해외에 나가면 그 도시에서 유명하다는 숙소를 꼭 가. 거기서 전망을 보면서 술을 마시는 게 너무 행복해. 여기 마그넷에 있는 도시들도 갔을 때 최소 하루는 꼭 그렇게 묵었어."

당장이라도 뛰쳐나가고 싶은 듯한 표정의 선배를 물끄러미 바라보다가, 그중 어느 숙소가 제일 좋았느냐고 물으려는데 선배가 말을 이었다.

"그래서 민지야, 나는 결혼을 안 하는 것 같아. 나는 그 하루를 포기할 수가 없어. 남편도 생기고 아이가 생기면 나 혼자 그 고급 호텔에서 지내는 하루가 사라지기도 하고, 아무래도 현실적인 숙소를 생각하게 되잖아. 일 년 내내 기다리는 이벤트인데, 난 그걸 포기할 수가 없을 것 같아."

지금 와서 생각해보면, 그것이 내가 비혼주의라는 개념을 처음 접한 순간이다. (비혼은 미혼의 대체어로서 결혼하지 않은 상태를 통틀어 말하는 것이고, 결혼하지 않기로 결정하고 사는 것을 비혼주의라고 규정할 때) 결혼의 결점을 이야기하거나 비혼의 합리성을 설파하는 많은 이야기보다 가장 마음에 와닿는 표정과 말투, 그 한마디가 나를 아주 강렬하게 설득했다. 그러나 선배 역시도 결혼 공격이 몰려들면 "그러게 말이에요."라고 응수했다. 말해봤자 알아들을 리 없다는 생각인 것 같았다. 나는 그런 선배의 비혼관을 들은 몇 안 되는 동료로서 괜히 마음이 뿌듯했다. 저 사람의 진실 하나를 내가 은밀하게 알고 있다는 생각과 결혼 욕구라는 것이 누구나 거치는 2차 성징이 아니라는 거대한 비밀을 알아버린 성취감에 젖어서 괜히 선배에게 친한 척도 더

하고 반가운 티도 많이 냈다.

　이후 나는 퇴사를 했고, 선배는 멋들어진 호텔방 플렉스를 가능케 하는 회사에 남아 계속해서 커리어를 쌓고 있다. 그러다 내 책이 나오면 사서 응원도 해주고, 퇴사 후 십 년이 넘었지만 서로를 지켜봐주는 선후배로 남았다. 지면으로 고백하긴 쑥스럽지만 선배는 내가 가끔 인스타그램 계정에 굳이 들어가 피드를 구경하는 얼마 안 되는 사람 중 한 명인데, 회사를 다니는 동시에 대학원도 가고 최근엔 덕질도 시작했더라. 그 호텔방을 이야기하던 날 내가 보았던 반짝이는 눈빛 그대로인 사진 몇 개를 구경하는데 괜스레 고마운 마음이 든다. 마그넷 같은 소소한 행복과 호텔방 같은 특별한 순간들이, 꼭 여행을 거치지 않더라도 선배의 삶에 자주 교차했으면 좋겠다.

　그리고 당신의 삶에도.

\\|/

어떻게 결혼까지 사랑하겠어

널 사랑하는 거지

내 지난 애인들은 (내 기준에선) 외모가 훌륭하고 (내 기준에선) 성격도 좋았다. 내 기준이었다고 명시하는 것은 절대로 비꼬는 게 아니고 그게 이 이야기의 주제이기 때문이다.

당연히 내 기준이겠지. 내가 고른 사람들인데. 물론 그도 나를 골랐으니 연애가 성립했으리라. 참 각자의 방식으로 매력적인 사람들이었다. 그는 그만의 방식으로 나를 사랑해주었고 나도 나의 방식으로 그를 사랑해주었다. 살면서 악에 받칠 정도의 이별 경험이 없었다는 건 감사할 일이다. 물론 이별 직후에는 너무 따끔거려 온 동네에 독을 품고 고래고래 소리를 치고 싶은 기분이었지만 지나고 나니 희대의 개쌍놈은 만나지 않았으며, 언제나 최악의 인간들은 산재한다는 걸 알게 되었다. 그들에게 내가 어떤 식으로든 일시적으로 개쌍놈이었겠고 영속적인 개쌍놈은 아니길 어렴풋이 바랄 뿐이다.

애인 B를 만난 건 대학생 때였다. 그때까지만 해도 나는 내애인을 부모님에게 잘 보여주었다. 보여줬다기보다는 비싼 소고기를 애인 핑계로 얻어먹고 싶은 욕망에 속없이 참 많이도 자리를 만들었다. 부모님은 딸의 성정으로 미루어볼 때 딸의 '픽'을 함부로 평가했다간 불을 뿜을 것을 눈치챘는지 대부분의 경우 다 좋아해주었다. B도 그런 사람이었다. 떠올리면 그당시 나의 이상형을 시뮬레이션 게임 〈심즈〉로 빚어놓은 것 같은 사람이었다. 나는 그가 참 좋았다. 물론 헤어진 마당에 그의 단점을 말하라면 오만 개쯤 말할 수 있겠지만, 나는 대부분의 이전 연인에 대해 그렇듯 그와 함께할 때 내가 얼마나 충만했으며 얼마나 행복했는지 생생하게 기억하고 있다. 무엇보다 내가 그를 너무너무 좋아해서 그의 요소들에 과하게 몰입하던 순간들을 잊지 못한다. 횡단보도에 서서 팔짱을 낀 채 어깨에 고개를 묻으면 나던 냄새, 팔을 꽉 안으면 느껴지던 감촉, 그를 당황시키면 올라가던 미간 같은 것을 특별히 귀여워했다. '아! 나, 너 너무 좋아해.' 하고 말할 때의 수줍은 표정, 그리고 그 말을 애써 꺼내느라 어딘가 어색했던 억양 같은 것들이 기억난다.

그러던 (구) 내 사랑 B가 내 부모님과 여행을 할 일이 있었다. 국내로 놀러 다니는 걸 좋아하던 우리 가족은 자주 어딜 돌아다녔는데, 부모님이 농담하듯 "B도 오라고 그래. 맛난 거 많이 먹을 텐데." 했고, 솔깃해진 내가 그에게 지나가듯 그 말을 건넨 게 발단이었다. B는 내가 부모님을 만나게 한다는 것에 커다란 의미를 부여한 듯 보였고 내가 귀여워하던 방식으로 미간을 올리며 "그래? 나 무조건 갈래!"를 외쳤다.

B는 여행 내내 나를 놀라게 했다. 그는 엄마 아빠의 마음을 지옥의 말빨로 사로잡았고(우리 중에 말로 승부하는 사람은 나 아니었어?), 그 어느 때보다 엉덩이가 가벼워져서는 안 해도 될 심부름까지 바지런히 일어나서 했다. 말투도 어딘가 달랐고, 웃음도 어찌나 헤프던지. 술도 아주 넙죽넙죽 잘 받아먹고, 안 하던 원샷을 시킨 사람도 없는데 하고. 무엇보다 놀라웠던 것은 그가 먹어대는 식사량이었다. 얘가 먹는 걸 좋아했던 건 알았지만 이렇게 인간의 한계를 시험하는 정도로 먹었던가? 옆에서 배부르면 그만 먹으라고 아무리 말을 해도 "왜 그래? 너무 맛있어서 그러는데." 해가면서 열심히 밥을 먹었다. 딸만 둘을 키운 엄마는 "남자애들은 정말 많이 먹는구나…." 하며(아니다. 단언컨대 나는 대부분의 내 남성 지인보다 많이 먹는다.), 계속해서 먹을 것을 제공했다.

그러던 그가 취기가 올라왔는지 잠시 바람을 쐬러 나가자고 해서 함께 나왔다. 배불러 미칠 것 같다는 그에게 당연히 그럴 만하다고, 그러니까 왜 그렇게 미련하게 먹었느냐고 묻자 그는 우리 부모님을 실망시키기가 싫었다고 했다. 실망Zone은 이미 열 배쯤 넘긴 식사량이었는데… 그에게는 오늘이 일생일대의 면접이었고, 그는 살면서 주워들은 매뉴얼대로 싹싹하고, 주는 밥 잘 먹고, 술 빼지 않고, 함께 있으면 즐겁고, 부지런한 딸 남자친구를 연기하느라 진을 다 뺀 거였다.

그리고 잠시 바람을 쐬러 나와 그 긴장 모드를 해제하자마자, 그는 바닥에 먹은 것을 토했다. 목구멍까지 술과 밥이 찰랑찰랑 찬 상태라 긴장이 풀리자 손가락 하나 넣지 않고도 시원하게 구토를 했다. 나는 놀란 눈이 돼서 그의 등을 두드리느라 정신이 없었다.

속상했다. 내가 옆에서 '얘, 왜 이러지.' 하면서도 신나게 웃는 동안, 그는 그가 아닌 사람을 연기하느라 진을 뺐다고 생각하니. 그가 그렇게 행동하지 않았더라도, 그래서 혹시 내 부모님이 그를 미워했더라도 나는 그런 내 부모님을 미워했을 텐데. 아빠가 사귈 거 아닌데 왜 그러느냐고, 엄만 내 애인에 대해 아무것도 모르지 않느냐고 그랬을 텐데. 내가 나도 모르는 사이 그를 면접장에 내몬 것 같은 기분이 들었다. 그의 전문 직무도 아니고 면접관에 대한 정보도 없고 스터디도 안 된 상태인 그런 직군에.

나의 기준으로 그는 백 점이었다. 그가 나에게 사랑을 전할 때 어떤 눈을 하는지, 잘 때 의식이 없는데도 내가 이름을 부르면 대답하는 게 얼마나 귀여운지, 운전하다가 과속 방지턱을 넘을 때 내가 놀랄까 봐 미리 내 팔을 잡는 버릇, 내가 화가 나서 돌아버릴 때 그 화를 더 돋우지 않으면서 나를 가라앉히는 스킬 같은 건 내 부모님은 죽었다 깨어나도 모를 일이었다. 그렇기 때문에, 그날 그의 모습에 부모님이 야박한 평가를 하더라도 이미 그에게는 내 마음을 붙잡을 힘이 충분히 있었지만 그의 입장에선 나처럼 태평할 수는 없었으리라. 부모님의 평가로 내게서 딴 후한 점수가 깎일 정도로 그들이 내게 중요한 존재면 어쩌나 마음도 졸였을 것이고, 그 불안이 그가 살면서 겪은 '어르신들의 평가 기준'을 복기시키며 불편하고 무리한 행동을 감내하게 만든 것인지도 모른다.

그다음 애인도 부모님을 만날 일이 있었는데, 나는 그 자리의 모든 게 불편해졌다. 무엇보다 내 애인이 내 부모님에게 잘 보이려고 쩔쩔매는 모습이 속상했다. 내가 아는 자신감 넘치고 자연스러운 그의 매력이 지워지는 순간들이 싫었다. 그건 내 부모님에 대해서도 마찬가지였다. 부모님이 평소와 달리 더 신경을 쓰고 말투를 바꾸고 젓가락 놓는 모션까지 조금씩 새로워지는 게 싫었다. 내가 양쪽 모두를 불편한 상황에 놓이게 하는 것 같았다. 내가 내 부모님을 사랑하는 이유와 내가 내 애인을 사랑하는 이유를 그들에게 각각 알려줄 방법이 없는데, '잘 보이는 것'에 성공하는 게 본전인 자리에 내가 사랑하는 사람들을 집합시키는 게 내 이기심 같았다. 그 후로 나는 내 애인과 부모님을 만나게 해주지 않았다. 서로의 사진을 보거나 정보는 알게 되겠지만, 대면할 자리를 만들지는 않았다.

그리고 몇 년의 시간이 흘러서, 나는 사회가 말하는 결혼 적령기에 진입했다. 그때 나는 또 다른 애인 K와 연애를 하고 있었다. K는 내가 비혼주의자라는 사실을 연애 전부터 알고 있었고, 그가 그 생각을 충분히 존중하고 있다는 점이 연애를 시작할 때 주효했다. 결혼을 하고 싶어 하는 사람이라면 그의 시간과 에너지를 낭비시키고 싶지 않았기 때문에, 우리는 연애를 시작하기 전에 이 대화를 몇 번이고 나누었다. 당시 나는 화장품 샘플을 많이 받는 일을 하고 있었던 터라, 받은 샘플 중 쓰지 않을 것들을 애인에게 건넸다. 그즈음 애인은 함께 일하는 후배와의 어색한 관계를 걱정하고 있었다. 후배가 화장을 즐겨 한다기에 샘플을 K에게 건넸다. 이거라도 주면서 "내 애인이 일 때문에 받았다고 해서 내가 좀 달라고 했어." 하면서 말이나 붙여보라고.

그리고 한참을 잊고 지냈는데, 어느 날 K가 나에게 상기된 표정으로 말했다. "나, 그 화장품 우리 엄마 줬다? 엄마한테는 네가 주는 선물이라고 했어. 나, 잘했지?"

아니.
너무 못 했는데.

나는 의아한 표정으로 그게 왜 잘한 것이냐고 물었고, 그는 "우리 엄마가 널 좋아하면 좋잖아." 하고 대답했다.

-왜 좋은데?

-좋은 게 좋은 거니까.

-그러니까 그게 왜 '좋은 거'냐고.

-나중에 만날 일이 있을 수도 있잖아.

-내가 너희 어머니한테 잘 보여야 한다고 생각해?

-아니, 그런 건 아니지.

-근데 왜 주지도 않은 선물을 거짓말까지 해가면서 내가 줬다고 말한 거야?

-엄마가 널 좋아하면 좋잖아.

-그건 네가 거짓말을 해서잖아.

-내가 지금 뭘 잘못한 거야?

-거짓말을 했잖아.

-그런 거짓말 좀 하면 어떤데?

⋮

-사람 일은 모르는 거잖아.

나는 마음이 무너졌다. 첫 번째 이유는 서운해서. 그는 내가 비혼에 대해 갖고 있던 생각을 누구보다 존중해왔고 우리는 그 이야기에 공감하면서 밤을 새서 와인도 먹고 치즈도 먹고 키스도 했는데, 그 마음 한구석에선 '저러다가 할 수도 있겠지' 생각했다니. 두 번째 이유는 안타까워서. 결혼하고 싶은 마음이 있었는데 왜 숨겼을까. 그동안 그런 얘길 얼마나 하고 싶었을까. 나와 사귀는 동안 혹시나 결혼을 못 할까 봐 불안한 순간들이 얼마나 많았을까.

"너 결혼하고 싶어? 나랑?"
"왜, 안 돼? 남잔 원래 사랑하면 결혼하고 싶어 해."

그 대답 때문에 세 번째 이유일 뻔했던 미안함이 사라졌다. 사랑과 결혼이 등치되는 개념이 아니란 것을 우리가 얼마나 뜨겁게 열변을 토하며 대화했던가. 그 수많은 날 동안 나에게 보여준 진심은 대체 뭐였던가. 나는 그가 사랑의 결실을 결혼으로 생각하는 타입인데 나 때문에 시간을 낭비할까 봐 연애 시작 전부터 그와 충분히 대화하는 일에 마음을 쏟았는데, 그는 그런 나의 진심을 들으면서 '저러다가 타이밍 잘 봐서 하자고 하면 되겠지. 지가 별수 있겠어.' 생각했을까.

나는 너로 충분한데. 나는 너만 보고 있어도 시간이 아깝고 안타까운데. 우리가 너무 사랑해서 서로에게 가끔 하는 실수와 어설픈 행동으로 서로를 상처 주고 그걸 회복하는 데 시간을 쓰는 것도 때로는 참 아까워서, 너와 나 사이에 다른 사람이 개입하는 걸 상상조차 하고 싶지가 않은데. 나는 내 부모님이 널 평가하는 게 싫고, 네 부모님 앞에서 내가 며느리로 충분치 않으면 어쩌나 쩔쩔 매고 싶지 않은데. 나는 너를 면접장에 보내기 싫고, 너도 나를 면접장에 보내지 않을 거라고 믿었는데, 넌 지금 대리 면접을 보고 와서 내게 그걸 칭찬해달라고 하는 꼴이잖아.

결혼하는 사람들이 그 모든 걸 감수하고 뭐든 함께 뚫고 나가자고 하는 게 다른 형태의 사랑이라는 것도, 그리고 그 과정에서 생기는 전우애도 나름대로 가치롭다는 이야기도 나눴다. 더불어 그걸 함께하지 않는다고 해서 사랑의 크기가 작은 건 아니라고도 우리는 충분히 대화했었다. 그가 전 애인과 눈코입이 다르게 생긴 나를 있는 그대로 사랑하듯이 우리에겐 우리가 가진 사랑의 모양이 있는 거라고. 나는 그걸 공감하는 그와 우리 나름의 전우애를 가지고 사랑을 키워나가고 있었다. 그래서 특별했고, 나는 K를 사랑하기도 했지만 나와 K가 만든 사랑을 사랑하기도 했다. 그런데 그게 나 혼자만의 세계에서 일어난 일이었다고 생각하니, 나는 마음이 무너졌다.

물론 K와의 일이 있었던 덕에, 나는 다음 애인에게 이 에피소드를 이야기하는 것으로 이런 리스크를 줄일 수 있었다. 이전 연인과의 일을 다음 애인에게 개입시키는 건 좋지 않지만, 나는 그 정도의 파워 비혼이니 같은 생각을 가진 게 아니라면 소중한 너의 시간을 아끼기를 진심으로 바란다는 걸 절절하게 어필하는 데 아주 좋았다. 그걸 알아준 사람들과 견고한 관계를 맺었으니, 그런 의미에서 내 여정의 일부였던 그에게 고마운 마음도 가지고 있다.

그는 결혼했을까? 그가 원하는 사랑의 완성으로써 결혼이 잘 작동하고 있다면 좋겠다. 진심으로. 나는 차마 결혼에게 쪼개주기엔 그를 사랑하는 마음이 아까워서 함께해주지 못했지만 그와 비슷한 방식의 사랑을 하는 사람을 만나 정말로 잘 지냈으면 좋겠다. 그는 좋은 사람이었으니까.

우리는 다른 사람을 사랑하진 않았지만 서로 다른 사랑을 사랑했으므로 그 후 자연스럽게 헤어졌다. 지금도 어렴풋이 마음이 쓰이는 것은, 사랑의 정점을 결혼으로 이해하는 그가 나와 결혼하지 못한 것이 충분히 사랑받지 못해서라고 생각할까 하는 점이다. 아닌데. 그렇다면 억울한데. 나는 사랑해서 결혼을 못 해준 건데. 너도 날 더 사랑했다면 비혼해주지 그랬어? 나도 서운해. 애인인 나는 왜 충분히 널 행복하게 못해줬을까?

아내 직함을 달아야만 널 더 행복하게 해줄 수 있었다는 게 나
도 슬퍼.

같은 사랑을 사랑하는 사람을 만나야겠다.
어떻게 결혼까지 사랑하겠어, 널 사랑하는 거지.

\\|/

비혼주의자라면서

연애는 왜 해?

안녕하세요, 선생님. 얼마 전 저를 포함한 많은 사람이 모인 회의 자리에서 "비혼주의자라는 사람들은 그냥 이기적인 애들이야. 비혼이라고 떠들면서 연애는 또 하더라. 외로움은 지들이 더 타면서 비혼은 무슨."이라고 하셨지요. 자리가 자리라 길게 드리지 못한 답변을 글로 대신합니다.

먼저 저는 비혼주의자입니다. 어느 자리에나 비혼주의자가 있을 수 있다는 당연한 상상력이 없으신 것 같아 알려드립니다. 참 신기하지요? 세상엔 나의 클론 같은 사람들만 사는 줄 알았는데 다른 생각을 가진 사람이란 게 존재를 한다니요. 모든 사람들이 연애에 목을 매며, 그 연애란 법적으로 혼인이 가능한 이성 간의 것이고, 특히 여자는 남자 없이는 못 살 것이라는 추측을 언제나 부끄러움 없이 외치셨던 선생님이기 때문에 놀라울 일도 아니었지만 그래도 섭섭한 마음은 감출 수 없습니다.

외로움, 당연히 탑니다. 연애도 저의 경우 가끔 합니다. 그런데, 연애하는 것이 외로움을 타서라는 선생님의 말씀이 못내 씁쓸한 것이 이 글을 쓰는 이유가 되었습니다. 실제로 연애를 하면 외로움이 채워진다는 공식은 사회가 열심히 주입하는 것이기도 하지요. 그래서 미디어는 혼자 밥 먹기 싫은 순간, 성욕이 끓어오르는 순간, 권태로운 주말 낮의 어느 순간 등을 보여주고 '아, 연애하고 싶다'라는 대사를 들이밀기도 하지요. 언제부턴가 우리도 서로에게 '야, 연애라도 해, 그럼.' 같은 말을 주고받고요. 선생님의 말 저변에 깔린 '외로움 타는 사람들은 연애를 한다'도 그런 조각이겠고요. 연애만 있다면 일상의 공허와 문제점이 해결될 거라 믿는 많은 사람들이 있으니까요. 마치 연애만 끊임없이 할 수 있었다면 전쟁과 권태의 역사는 존재하지도 않았을 것처럼요.

우리는 '연애하고 싶다'라는 말 안을 들여다봐야 한다고 생각합니다. 연애하고 싶다는 당신, 당신이 정의하는 연애의 뚜껑을 열고 그 안의 욕망을 들여다보는 거예요. 내게 필요한 게 주말 낮 누군가와의 밥 한 끼인지, 마스터베이션 혹은 한 번의 섹스인지, 새로운 취미인지…. 소중히 다뤄야 할 내 정교한 욕망들이 사회가 주입한 연애 신화 때문에 '연애하고 싶다'로 뭉뚱그려지는 일이 얼마나 많던가요. 그렇게 연애를 시작했다가 일상의 헛헛함이 채워지기는커녕 간간이 운영되던 일상마저 파괴되는 일이 얼마나 잦은지요. 나는 연애도 하는데 왜 이렇게 외로운가, 혹은 연애를 하는데 왜 이렇게 불행한가를 생각하면서요. 연애 상태를 유지하는 것에 집중하느라 부당하고 기울어진 관계 끝에 한 발로 서서 '아냐, 나는 그래도 애인은 있잖아.'

를 되뇌면서 연애 안 하는 재들보다는 낫다고 생각하겠지만 막상 그렇지 않다는 건 누구보다 스스로가 잘 알고 있겠지요. 그 아슬한 핑크빛 앞에서 우리는 또 얼마나 주눅 들었던가요. '이 좋은 걸 누리는데 왜 나는 이 모양인가' 싶다면, 스스로를 탓하기 전에 '이 좋은 게 정말 좋은 게 맞나'를 반추하면서 언제든 그만둬도 된다고 스스로에게 말해주는 게 낫잖아요. 그런데 귀찮았는지도 몰라요. 오랫동안 사회와 미디어가 주입한 연애의 환상을 이제 와서 스스로 재정립하는 시간을 갖는 것이요. 그래서 상대에게 제발 예전처럼 대해주길 기다리거나, 이미 지나간 사랑이 다시 돌아나길 기다리면서 자책하는 시간을 보내기도 하고요. 저 역시 마찬가지였고요.

나의 정서적 안정을 타인에게 외주 주는 건 그래서 위험합니다. 내 감정은 보고받고 피드백을 받고 컨펌할 대상이 아니라, 내가 직접 실무를 뛰어야 하는 것이니까요. 본인은 기혼자이면서 비혼주의자의 연애를 외로움의 방증이라 해석하며 조롱하신 선생님, 혹시 외로워서 결혼을 선택하셨나요? 아휴, 어쩌자고 그러셨어요. 선생님, 지금 외로워서 심통 부리시는 거예요. 혼자일 때 이미 그 내면의 허전함을 어쩌지 못했다면, 그건 둘이 되더라도 마찬가지입니다. 모 프로그램에서 김이나 작사가님이 하신 말처럼, 사람은 반쪽짜리가 아니라 온전한 하나거든요. 다른 반쪽이 나타나 날 채워주길 기다리는 게 아니라 다른 하나와 어떻게 동행할지를 고민하는 게 연애 아니겠어요? 비혼으로 잘 살 사람이라면 결혼해서도 잘 살 거라는 이야기는 그래서 나온 거겠지요. 외로워서 결혼을 했는데도 외로우니, 결혼하지 않은 사람들은 그보다 더 외로울 것 같나요? 아니요. 외로워서 결혼을 했으니까 외로운 건데요. 아휴, 어쩌자고 그러셨어요.

연애는 내 상황을 보고 하는 게 아니라 사람을 보고 하는 거라고 생각해요. 이 사람과 연애하는 데 필요한 에너지, 시간, 돈을 다 감수하고라도 그와 함께하고 싶은 마음이 끓어오를 때요. 서로의 공통점을 찾으면 기뻐하면서도 동시에 우리가 다른 사람이라는 걸 끊임없이 확인하고 받아들여야 하는 게 연애니까, 외로움을 근거로 시작하는 연애는 그래서 위험한 것이겠지요. 그러므로 연애는 무기력, 외로움 같은 결핍의 상태가 아니라 오히려 달려나갈 준비가 되어 있는 충만한 상태일 때 해야 한다고 생각합니다. 그런 생각을 하면서, 저도 제가 원할 때 적당히 잘 연애하며 살고 있습니다. 비혼과 비연애를 혼동하시는 경우가 있는데 비혼은 문자 그대로 비혼일 뿐입니다.

비혼자가 이기적이라는 생각이 든다면 마음속을 들여다보시기 바랍니다. 결혼을 희생과 사회 공헌의 개념으로 바라보고 있기 때문에 결혼하지 않는 사람들의 선택을 국민의 의무를 저버린 취급하는 게 아닌지 말입니다. 마음속 한구석에, 나도 저렇게 살고 싶은데 지들만 저렇게 사는 것 같아 화가 나신 건 아닌지요? 결혼이 주는 기쁨도 참 많을 텐데 안타깝습니다. 정 그러시다면 비혼자를 공격하며 부정적인 기운을 뿜어내는 대신 미래에 대한 희망을 품어보시면 어떨까요? 우리는 언제든 다시 비혼이 될 수 있잖아요. 얼마나 좋아요? 이번 생은 망했나 싶은 불안감에 타인을 공격하면서 내가 정상이라고 말해달라 외치지 마시고, 스스로 주체적인 선택을 꼭 한번 해보시기 바랍니다.

아, 다시 비혼이 되신다고 해서 또 기혼자를 공격하거나 폄하하지 마시고요. 각자 잘 살면 되는 겁니다. 비혼주의자에 대한 일갈을 하고 아무 반격도 일어나지 않은 편한 회의 자리가 안락하셨지요? 슬프게도, 사람들이 특정 의견에 반격하지 않는 것은 그 말이 옳아서일 때도 있지만 많은 경우 어차피 말해도 못 알아들을 것이기 때문이기도 하답니다. 너무 확신에 찬 사람으로 보이는 것은 때로는 외로운 일이지요. 당신의 무례한 확신이 안타까워서, 마지막 저의 다정을 끌어모아 적어보았습니다.

날씨가 추워집니다. 식사 잘 챙겨 드시고, 결혼보다 더 의미 있고 좋은 것들도 발견하는 뜻깊은 날 되시기 바랍니다.

\\|/

조카가 그렇게 예쁘면

네 애를 낳지 그러니

나는 큰이모를 참 좋아한다. 내가 아주 어린 시절에 큰이모는 출판사에서 일을 했고, 큰이모의 시그니처 파란 슈트를 나는 참 좋아했다. 큰이모는 내가 아는 가장 다정한 어른이었고, 나는 큰이모와 있을 때 언제나 사랑받고 있다는 확신이 있었다. 그 따뜻한 눈빛을 볼 생각에 엄마네 친척들을 만나러 가는 길은 항상 설렜다. 큰이모는 엄마와 달리 나를 혼내지 않았고, 아빠와 달리 나를 놀리지 않았다. 그때나 지금이나 까만 피부에 웃지 않는 상인 나는 예쁜 어린이에서 거리가 멀었지만, 큰이모와 있을 때만은 그런 걸 느끼지 않아도 되었다.

큰이모는 우리 가족이 대전에 살던 시절 혼자 독박육아를 하는 엄마와 귀여운 두 조카를 보러 자주 왔다. 책을 가져다주기도 하고 예쁜 옷도 많이 챙겨 왔는데, 특히 나는 큰이모가 사온 부들부들한 재질의 잠옷 원피스를 좋아했다. 그게 좋았던 이유 첫 번째는 언제나 물려 입는 내게 언니와 동시에 새 옷을 선물받는 일이 워낙 드물었으므로 그 기쁨이 특별했고, 두 번째는 그 잠옷이 피부를 다정하게 감싸는 감촉이 큰이모의 눈빛과 비슷하게 느껴졌기 때문이다. '큰이모가 제일 좋아', '큰이모가 제일 예뻐', '큰이모는 날 좋아해', 언제나 생각했다. 큰이모가 커다란 보름달처럼 날 부드러운 빛으로 끌어안는 사람이었다면 난 언제고 창문을 열고 그 큰 달을 쳐다보듯, 그렇게 큰이모를 좋아했다.

조카가 태어난 것은 나에게 큰 사건이었다. 예쁘기도 예쁘지만 너무 사랑해서 나는 그 애들을 생각하면 쳐다보기도 아까워 미치겠고 이 애들이 뛰는 걸 보고 있으면 혹시 내가 못 보는 사이 다치기라도 할까 봐 심장이 쿵쾅거렸다. 언니가 산후 우울증으로 고생하던 때 내게 "애기가 너무 예쁜데, 그것도 누구한테 '얘 너무 예쁘지?' 할 수 있어야 행복이지. 그걸 말할 데가 없는 게 미칠 듯이 외롭더라."라고 한 적이 있는데, 나는 그 말을 듣자마자 절절하게 그 뜻을 이해했다. 그리고 육아는 물리적으로 미친 듯이 힘든 일이기도 하지만, 육아 스트레스의 코어는 미친 듯이 사랑하는 마음 그 자체라는 것도 알게 되었다. 온 체력과 정신력을 끊임없이 갈아 넣어 만신창이가 된 상태에서도 최선을 주고 싶은 간절함이 얼마나 마음을 갉아먹는지 조금이나마 엿보게 되었고, 그 후로 나는 언니에게 내 업무를 가지고 징징대거나 깝치지 않게 되었다.

나는 언니 덕분에 아이의 세계가 얼마나 말랑한지 알게 되었다. 동생이 세상에 나오고 갑자기 아기에서 오빠가 된 준이는 어느 날 "준이는 왜 이렇게 귀여워?" 하는 내게 "안 커서."라고 해서 내 심장을 떨어뜨린 적이 있다. 자초지종을 물으니 놀이터에서 만난 어떤 할머니가 "저거 조만할 때나 귀엽지. 크면 그렇지도 않아." 하는 말을 들었다고 했다. 자기보다 더 작은 존재가 생긴 아이에게 그게 얼마나 무서웠을지 짐작이 되었다. 그때부터 준이에게 "준이는 크든 안 크든 참 소중해. 이모는 준이가 커도 안 커도 사랑해." 하고 여러 번 말해주었다. 그 일이 있은 후로 나는 준이에게도, 동생 솔이에게도 '예쁘다', '귀엽다', '잘한다'는 말보다는 "사랑해.", "이모가 좋아해.", "소중해." 같은 말을 하게 되었다. 큰이모가 나에게 주었던 눈빛을 나도 아이들에게 전하고 있는지 안심이 되지 않아서 조급한 마음으로 두 아이에게 내 사랑을 열심히 고백하며 지낸다.

조카를 끔찍하게 사랑하는 나에게, 사람들은 그렇게 좋으면 '네 애를 낳지 그러냐'고도 한다. 그러면 나는 진심을 담아서, "좋은 이모 될 시간도 모자라요."라고 답한다. 사람들은 내가 언니를 통해 대리 만족을 하고 있다고 느끼겠지만, 나는 큰이모라는 훌륭한 롤 모델이 있고, 큰이모 덕분에 아이의 세계에는 여러 종류의 어른이 필요하다는 것을 알게 되었다. 주양육자, 큰이모처럼 가까운 거리에서 조건 없는 사랑을 확신시켜주는 친척이나 지인, 마트에서 실수를 했을 때 꾸짖기보다는 따뜻하게 안심시켜주는 직원, 잘못을 저질렀을 때 사랑을 배경에 두고 훈육해주는 스승…. 내게 큰이모는 주양육자 다음 세 번째로 좋아하는 어른이 아니라, 아예 다른 영역에서 나를 양육한 사람이다. 나와 큰이모 사이에 있는 유대 관계는 나와 부모님 사이의 그것과 완전히 다른 차원이다. 그런 식으로 내 삶의 중요한 순간에 나타나 말랑한 나의 삶을 좋은 방향으로 빚어준 어른들이 분명히 있었다.

나는 나의 아이를 낳을 계획이 없지만 준이와 솔이에게 의미 있는 존재가 될 계획은 있고, 길에서 만나는 수많은 어린 아이들이 상처받은 채 그날 하루를 마무리하지 않도록 사회적 공동 양육자의 역할을 할 계획은 있다. 식당이나 교통수단에서 아이가 울 때 그걸 가만 두고 보는 것은 관용이 아니라 현대 시민의 의무라는 점을 잊지 않으려고 하고, 노 키즈 존이 명백한 아동 혐오라는 것을 기회 될 때마다 말하는 것, 길을 묻거나 도움을 청하는 아이를 만났을 때 존대하면서 최대한의 도움을 주는 일, 준이와 솔이를 포함한 모든 아이들이 자신이 어떤 존재든, 어떤 존재를 사랑하든 안전함을 느낄 수 있도록 내가 할 수 있는 행동을 하고 글을 쓰는 일. 그게 사회적 이모 혹은 삼촌으로 사는 나에게는 중요한 양육 활동이다.

어떤 사람들은 아이들을 너무 사랑해서, 그래서 낳지 않는다. 새로운 생명을 탄생시키는 것도 숭고한 일이겠지만 이미 세상에 태어난 생명에게 더 많은 관심을 쏟는 일도 중요하니까. 또한 출산하지 않는 여성의 샘플로 남아주는 것 역시 사회적 공동 육아의 일환이라고 믿는다. 내가 비혼, 비출산의 이모로 사는 것은 준이와 솔이에게 언제든 갈 수 있는 기동성 있는 이모가 될 수 있는 동시에 비혼, 비출산으로 살아도 된다는 당연한 선택지를 아이들에게 보여줄 수도 있다는 점에서 중요하다. 목소리도 성격도 비슷한 연년생의 언니와 내가 완전히 다른 방식으로 살지만 그건 다름일 뿐 한쪽이 틀린 게 아니라는 걸 보여주기 위해서 우리는 각자의 자리에서 각자의 이야기를 한다. 준이의 꿈은 이모 같은 작가가 되는 것이고 솔이는 언니의 행동을 거울처럼 따라 하는데, 우리는 둘 다를 끌어안고 무엇이든 해도 된다고 말해주고 싶어서 힘껏 살아간다.

한 미국 드라마에서, 병원 내 어린이집에 아이를 맡겨두고 가는 여성 의사에게 다른 의사가 힘주어 이렇게 말하는 장면이 있다.

"미안해하지 말고, 당당하게 인사하고 돌아서서 일하러 가. 그런 엄마의 멋진 뒷모습을 보면서 네 딸도 그런 여성으로 크게 될 거야."

곁을 지키면서 볼에 사랑을 부비는 양육자가 있다면, 큰이
모처럼 커다란 달이 되어서 언제고 바라보는 낭만을 선사하는
양육자도 있다. 곁에서 아이의 안전을 지키는 양육자가 있다
면, 아직은 턱없이 위험한 세상을 조금이라도 안전하게 만들려
고 열심히 밖에서 나대는 양육자도 있다. 나는 비단 주양육자
인 부모님뿐만 아니라, 그런 다양한 양육자들 덕분에 나의 많
은 단점과 결함을 보완받고 보호받으며 살아왔다고 생각한다.

아이를 낳지 않고 아이를 키우지 않는 사람들은 이기적이라
는 시선은, 그들 나름의 사회적 양육 활동을 간단히 지우는 데
활용되기도 한다. 물론 그 둘을 다 하는 양육자도 있지만, 사회
가 말하는 대로 비출산자가 둘 중 아무것도 안 하는 사람인 건
아니다. 지금 누군가 집에서 보호하는 그 아이가 아이를 낳지
않는 사람들의 노력에 의해 더 나은 곳에서 살고 있을 수도 있
다. 조금이라도 더 좋은 어른이 되려고 노력하고, 지난 나를 부
끄러워하고, 나와 다르게 사는 사람들을 돌아보는 일은 어린이
집에 아이를 데려다주고 식사를 준비하는 언니의 마음의 연장
선에 있다. 두 명의 조카가 앞으로 무엇이 될지 모른다는 것은
내 세상마저 말랑하게 만든다. 그래서 포기하기가 어렵다. 너무
예뻐 죽겠는데 해소할 방법이 없기 때문에, 나는 나의 모습대
로 힘껏 사는 걸 멈출 수가 없다.

언젠가 큰이모에게, 큰이모가 내게 어떤 존재인지 시간을 내어 말해주고 싶었는데 아직 그러지 못했다. 그래서 이 글을 쓴다. 나에게 큰이모가 있다는 점이 내 세계를 얼마나 더 나은 곳으로 만들어 주었는지 말이다. 왜냐면 지금도 큰이모를 보면 큰이모는 나를 예뻐하느라 그런 말을 늘어놓을 틈을 안 주기 때문이다. 나도 그런 이야기나 늘어놓을 시간에 큰이모의 그런 눈빛을 만끽하느라 바쁘다. 나에게 아주 중요한 사람, 나를 이룬 큰 조각 중 하나인 정인선 님에게 이번 글을 바치려고 한다. 달 같은 이모 덕분에 나도 그런 이모가 되고 싶어진 것이 나를 얼마나 나은 사람이 되도록 돕고 있는지 상상도 못 할 것이다.

그리고 또 하나, 아이가 그렇게 예쁜데 왜 낳느냐는 말은 정말로 하지 말자. 그런 논리면 나는 양조장을 먼저 세워야 하기 때문이다. 인생은 그렇게 간단한 게 아니다!

\\|/

롱 타임 노 씨입니다

일을 끝내고 운동을 가기 전에 주로 스튜디오 인근에서 혼밥을 한다. 혼자 한식 밥집 전전하길 좋아한다. 오늘은 생선구이집에 가서 삼치구이 정식을 먹었다. 한편에서 어르신들끼리 핏대를 세우고 토론을 하며 소주를 드시고 계셨다. 저런 풍경을 구경하는 것도 좋아한다. 언젠가부터 유튜브 알고리즘처럼, 나는 만나는 사람과 대화의 성향이 비슷해져가고 있었다. 명도와 채도 차이는 있지만 비슷한 그림체의 사람들과 비슷한 대화를 반복하며 산다. 그러다 혼밥을 하면, 다른 사람의 유튜브나 넷플릭스에 로그인했을 때처럼 새로운 성향의 대화를 생생하게 들을 수 있다.

가장 핏대를 많이 세우시던, 오늘의 핏대스트 할아버지께서 말씀하셨다.

"파평 윤씨, 안동 김씨 이런 거 요즘 사람들 중에 신경 쓰는 놈이 없어. 종친 모임도 늙은이들밖에 안 와. 그러니까 아무거나 막 갖다 붙이지. 거 뭐야, 외국인이 성씨 하나 만들었잖아. 청양 오씨? 갖다 붙이면 갑자기 성씨가 되나."

성씨는 원래 그냥 갖다 붙여서 된 게 맞는데. 그게 뭐 대단한 우주의 기원이고 필연적인 거였겠어. 파평 윤씨 대신 '파평 파평 바나나'로 붙였음 그게 전통으로 내려왔을지도 몰라. 할아버지와 있을 때 육성으로 대꾸했다가는 삼치로 맞았을 것 같은 말장난을 머릿속으로 하면서 삼치를 똑똑 잘라 우걱우걱 입에 넣었다.

그러다가 갑자기 심심해져서, 아저씨들의 대화를 계속해서 엿듣는 대신 더 쓸데없는 생각을 해보고 싶어졌다. 실제로 '오늘부터 1일. 내가 바로 파평 윤씨!' 하고 선언한 아저씨가 있다고 치자. 그리고 수포자지만 산수를 해본다.

1. 파평 윤씨가 NOT 파평 윤씨와 결혼한다.
2. 파평 윤씨는 절반이 된다.
3. 하프 파평 윤씨가 또 NOT 파평 윤씨와 결혼을 하겠지?
4. 이미 손주 대만 와도 파평 윤씨는 4분의 1밖에 안 된다.
5. 증손자 대로 오면 10%대로 떨어진다.

이게 무슨 뜻이냐면, 전통이 오래된 집안일수록 근친 대파티를 하지 않은 이상 그의 파평 윤씨 기질은 '0'에 수렴하기 시작한다는 것이다. 반대로 청양 오씨 오주한(케냐 출신의 마라톤 선수로 귀화 전 이름은 '윌슨 로야나에 에루페'다.) 선수는 원 앤 온리, 백 퍼센트 순도를 자랑하는 청양 오씨다.

그런 의미에서 내가 영화 〈인터스텔라〉에서처럼 몇백 년이 지난 세상에서 내 후손과 이야기할 일이 생긴다면, "태초에 청양 오씨가 있었지. 나는 오리지널 청양 오씨를 티비에서 봤다우." 하고 〈신비한 TV 서프라이즈〉 제보자로 인터뷰를 할 수도 있는 것이다. "지금 청양 오씨라고 하는 애들 있지? 걔네는 다 짭이란다. 실제로 그 애들 몸에 흐르는 피의 대부분은 청양 오씨가 아니야. 그런 식으로 따지면 이 할미는 아담 아씨, 모계 사회 기준이라면 이브 이씨란다. 한국적인 사고로 보자면 곰탱 곰씨 겸 단군 단씨지."

그런 맥락에서 내가 곽씨이지만 실제로는 NOT 곽씨 기질이 나의 대부분을 차지한다고 한다면, 그냥 내 성씨는 내가 정해도 그만인 것이다. 뭐 '롱탐 노씨' 같은 것도 좋겠다. 짜릿해, 늘 반가워.

농담처럼 "제사 그 까짓것 대체 왜 지내요. 진짜로 조상들 덕 본 사람들은 다 해외 놀러 나가지 제사 안 지낼걸." 하고 투덜댔는데, 이제는 조상 덕을 보지 못한 이유를 알겠다. 먼 조상들 입장에서는 막상 나라는 존재에 큰 지분이 없겠지. 결국 그

(집안보다)

뼈대 있는 삼치!

냥 행정상의 편의를 위해서 실제로 나를 이루는 본질과 상관없는 이름으로 사는 것이다.

그깟 결혼 안 한 것, 대를 못 이은 게 뭐가 어때서요. 우리는 우리가 누구를 잇고 있는 것인지도 모르면서 이어 살고 있는데. 존재하는 사람들끼리 사랑하며 지내면 됐지. '0'에 수렴하는 어떤 관념을 위해 사랑하는 사람들의 귀한 오늘을 갈아 넣는 동안, 우린 너무 많은 걸 놓치잖아요.

문득 눈앞에 있는 '삼치'는 적어도 '삼치'라고 호명했을 때 삼치의 특질 중 많은 부분을 상기시킬 수 있으니까, 의외로 '곽민지'라는 이름보다 본질을 더 잘 설명하는 게 아닌가 싶은 생각이 들었다. 경건한 마음으로 마지막 조각을 먹었다. 당분간 내 몸속에는 곽씨보다 삼치의 지분이 더 높을지도 모른다. 곽씨보다야 삼치에 차라리 더 가까울지 모르는 상태로, 삼치가 준 에너지로 운동을 하고 귀가했다.

비혼

경조사

행복과 슬픔을 나눌 때에는

계산하지 않아요

＼｜／

내가 사는
그 집

나는 성장 과정에서 평생 아파트에 살았다. 엄마 말로는 우리 가족에게도 주택 사글세방에 세 들어서 주인집 눈치를 보면서 살던 시절이 있었다고는 하는데, 37세인 현재 내가 기억하는 모든 일들은 내가 아파트 주민일 때 일어났다. 엄마 아빠는 알뜰살뜰 모은 돈과 대출을 끌어다 아파트에 살았고 그래서 생활비도 알뜰살뜰 아껴야 했다. 내가 집에 대해 가진 기억은 전부가 그랬으므로 그냥 내내 아파트에 살았다고 적어둔다. 첫 기억은 대전에 있는 복도식 주공아파트인데, 나는 거기서 내 인생 첫 친구인 미현이를 만났다. 미현이네 집과 우리 집은 휴가를 함께 갈 정도로 가깝게 지냈고, 그 인연은 지금도 그대로다. 미현이가 결혼하던 날 나는 축시를 맡게 되었다. 축시에는 이런 이야기가 적혀 있었다.

"저와 미현이는 세 살 때 만났습니다. 미현이와 저는 아파트 놀이터에서 함께 놀곤 했는데, 어릴 때 모든 게 느렸던 저와 달리 미현이는 참 빠릿빠릿한 아이였어요. 똘똘했던 미현에 비해 그렇지 못했던 저는 기저귀를 뗄 나이에 팬티에 응가를 해버리곤 했는데, 그러면 미현이는 우는 제 손을 잡고 달래며 우리 엄마에게 데려다주었어요. 이 많은 사람들 앞에서 제가 똥 싼 이야기를 굳이 하는 이유는, 미현이가 얼마나 자기 사람들을 아끼고 관계에 책임감을 가진 사람인지는 미현이 어머니보다도 제가 먼저 발견했다는 말을 하고 싶기 때문입니다." (후략)

물론 사회자가 내 약력 읽는 것을 잊는 바람에, 나는 수많은 하객 앞에서 적절한 소개를 받지 못한 채 그저 '똥싸배기'가 되었지만, 어쨌거나 여기서 중요한 건 나는 응가를 가리지 못하던 시절부터 아파트에 살았다는 점이다. 아파트 굴뚝 밑에서 놀고, 아파트 지하 방충망에 빛나는 불빛이 도둑고양이라고 믿었으며, 아빠가 야근을 하면 아파트 이름이 크게 쓰인 거대한 바위에 언니와 나란히 앉아 다리를 달랑거리며 기다렸다. 낮잠을 자다 일어나서 엄마가 안 보이면 몇 호로 가야 하는지 알고 있었고, 사실상 공동 육아에 가까운 그 복도를 어린이집 삼아 자란 후 유치원에 가고 아파트 주민인 채 대학까지 나왔다.

그래서인지 나는 언제나 아파트가 싫었다. 아파트가 가진 수많은 장점을 두고도, 나는 그 모든 장점의 뒤편을 살폈다. 중앙난방에 관리실이 있고, 엘리베이터가 있다는 것을 거꾸로 말하면, 필연적으로 하루 두 번은 모르는 사람과 조그만 공간을 공유해야 하고 내가 몇 시에 들어가고 몇 시에 나가는지 누군가에게 공표당하는 것으로도 느껴졌다. 어떤 이웃은 엘리베이터에서 내가 인사를 안 했다고 엄마에게 고자질했고, 아이스크림 하나를 먹고 싶어도 한참을 걸어 나가야 했다. 아파트가 가진 외부와의 필연적 거리도 그래서 싫었다.

처음 대학교 앞에 살게 되었을 때, 나는 거리가 좀 되더라도 방다운 방을 보자는 부모님의 제안을 뒤로하고 학교 코앞의 고시텔을 택했다. 조금만 걸어 나가면 원룸이라도 구할 수 있었지만, 정해진 예산 안에서 마음대로 해도 된다면 나는 꼭 학교 코앞에 살고 싶었다. 문을 열고 나가면 바로 학교가 있고, 편의점이 있고, 술집이 있고, 카페가 있는 곳이면 사는 방의 평수와 형태는 아무래도 좋다고 느꼈다. 그 후로 나는 계속해서 외부와 지금 당장 만날 수 있는 빌라를 골라 살고 있다.

해방촌을 고른 이유도 거기에 있었다. 남산 턱밑, 좋아하는 술집이 많은 술세권, 독립책방과 카페가 있는 동네. 또한 국적이 다양한 사람들이 모여 살기 때문에 몸의 형태나 옷차림도 다양해서 좀 더 느슨한 기분을 주고, 동네 1인 가구 커뮤니티가 비교적 잘 짜여 있는 곳. 프리랜서라 출근처가 자주 바뀌는데 해방촌은 서울 정중앙이어서 어디든 소요 시간이 비슷하다는 점도 마음에 들었다. 6개월간 온갖 키워드 알림을 걸어놓고 엽

탐을 하다가 마침내 마음에 쏙 드는 집을 찾았다. 성인 두 명에 초등학생 아이, 커다란 웰시코기가 살고 있는 투룸이었다. 가구가 많아 공간이 잘 보이지 않았지만, 여차저차 다 치워버리고 나면 작업실 하나에 침실 하나를 꾸리기 좋겠다 싶은 생각이 들어 계약을 했고 매우 만족하며 삼 년째 살고 있다.

나에게 집은 작업실 겸 출판사 사무실 겸 친구들의 술집이다. 보통은 집에서 가장 큰 방을 안방으로 생각하고 거기 침대를 놓지만, 수면 장애가 있는 나는 침실에 침대 이외의 것을 놓고 싶지 않아서 정말로 침대만 딱 들어갈 작은 방을 침실로 정했다. 대신 큰 방에는 직접 원목부터 고르고 디자인에 사포 마감까지 해서 만든 월넛 원목 테이블을 한가운데 두었다. 상판이 너무 커서 문을 통과하지 못했고, 결국 다리와 상판을 따로 넣어서 방 안에서 조립하는 촌극을 벌였지만 그렇게 될 것을 안 단계에서도 변경하지 않았다. 내 집만큼은 내 취향껏 만들고 싶었기 때문이다. 결국 그 작업실 테이블은 작업대인 동시에 친구들이 놀러올 땐 훌륭한 술상도 되어준다. 냉장고는 슬림한 메탈 냉장고를 놓았다. 이 냉장고를 두고 엄마와 많은 대화를 나누게 되었다. 엄마는 사람 일이 어찌될지 모르고 너도 어린 나이가 아니니 4도어 냉장고를 사라고 했고, 이 대화 덕분에 엄마는 나의 비혼 결심을 여러 번에 걸쳐 확인할 수 있었다.

"혼자 살 거라 슬림형 냉장고면 충분해. 나는 반찬을 쟁여놓는 것도 싫어하고 제철 재료를 사서 얼른 해치우니까 1도어 냉장고도 넉넉했어. 슬림한 메탈 라이프! 이게 내가 생각하는 1인분의 단단한 삶이야."

공기 청정기는 없지만 와인 셀러는 있고, 정수기는 없지만 가정용 폴(나는 폴댄스를 한다)은 있다. 번갈아가며 집안일을 하는 동거 가족과 달리 나는 집안일을 혼자 하거나 밖에서 일을 하는 두 가지 선택지밖에 없으므로, 식기세척기와 로봇 청소기처럼 내가 없을 때 집안일을 돕는 가전이 있다. 물론 혼자 빌라에 사는 여성은 아파트보다 신경 써야 할 점이 많다. 차에 공개되어 있는 연락처는 내 핸드폰 번호가 아니라 특정 어플을 경유하는 안전 번호이고, 방범 고리도 이중으로 설치했다. 친구들이 놀러 왔을 때 그중 건장한 남성이 있으면, 자주 시켜 먹던 치킨집에 주문을 해서 꼭 그 친구에게 받도록 한다. 혼자 사는 집이라고 각인시키지 않아야 한다는 강박이 있기 때문이다. 택배도 가명의 남성 이름으로 받고, 24시간 거실 불은 켜져 있어서 외부에서 내가 건물로 들어가는 걸 보더라도 몇 호인지 단번에 알 수는 없게 해두었다. 피곤한 삶이지만, 내가 추구한 장점을 위해 어쩔 수 없는 부분이었다. 세상이 얼른 혼자 사는 여성에게 안전해져서 이런 물리적·정신적 비용이 절감되면 좋겠다.

그러던 어느 날, 집에 대한 인터뷰를 하게 되었다. 비혼자가 원하는 집은 어떤 곳인지 인터뷰하는 프로젝트였다. 나는 빌라와 주택에 대한 사랑을 말했고, 나의 드림 하우스는 서울 시내에 있는 구옥을 매입해 적절히 고친 후 친구들이 언제든 올 수 있는 공용 공간과 폴 연습을 할 수 있는 공간이라고 했다.

"왜 아파트에 살지 않나요?"

기자는 물었고, 나는 현재 지어진 아파트들이 나에게 있어 최선의 주거 환경인지 확신이 없기 때문이라고 대답했다. 아파트 가격 결정에 영향을 미치는 변수 중에는 기혼 유자녀 가정에 맞춰진 것들이 많다. 초등학교를 품은 아파트라든가, 근처 학군이 좋거나, 단지 내 어린이집이 있거나 하는. 그런 혜택이 포함된 가격으로 책정되어 있다면, 그것을 누릴 계획이 없는 나로서는 굳이 그 돈을 주고 아파트에 거주할 이유는 없다고. 내게는 필요 없는 옵션 때문에 가격대가 높은 차 같아서 나는 내게 맞는 사양의 차를 타고 살 뿐이라고. 내게는 외부와의 접근성이나 독립성이 더 중요하고, 1인 가구가 많이 사는 동네에서 1인 가구 친구들과 가까이 지내고 싶다고. 아파트 단지가 가진 장점이 꼭 필요한 사람들이 있으면 나같이 그렇지 않은 사람도 있으니 아파트에 살지 않는 사람들을 철없고 한심한 사람이라고 보지 말고 서로를 존중해주었으면 좋겠다고. 인터뷰를 하고 나서 엄마 아빠에게 웃으며 이야기했다. 말 나온 김에 마흔둘쯤에 구옥을 매입할 생각으로 찬찬히 재테크랑 저축을 해야지. 마흔하나쯤부터는 꼭 건축을 하는 친구를 사귀어놓을 거야. 리모델링 공사를 할 때 덤터기 안 쓰게!

인터뷰 기사가 나가고, 댓글창은 난리가 났다. '아파트를 사면 시세 차익이 얼만데 멍청한 소리를 한다', '어엿한 성인이라면 아파트에 살아야지 대학생도 아닌데 몇 살까지 저렇게 살 수 있을 것 같으냐' 등등…. 그네들의 말대로라면 시세 차익의 이득을 보지 못해 손해를 입는 것은 난데, 다들 왜 자기 삶에 쏟을 기력보다 더 산불 같은 분노를 뿜으며 내 삶과 취향 이야기에 욕설을 쏟아내는 걸까. 결국 기사는 그 기세에 힘입어 네이버 메인에까지 등극했다.

일단 이들은 스스로 생각하는 집과 내가 생각하는 집의 개념이 애초에 다르다는 것을 받아들이기 힘들어했다. 사무실을 겸하고 있고, 친구들이 자주 찾는 덕에 그들 전용 칫솔과 친구들의 반려견을 위한 배변 패드까지 갖춰진 우리 집은 그들이 말하는 직계 가족과의 '홈~ 스윗 홈'과는 거리가 멀다. 대다수의 사람들이 집에 친구를 들이는 것에 굉장히 신중한 편이지만, 나는 (매우 절친한 사이에 한해) 술 먹다가 2차쯤 되었을 때 3차로 갈

만한 술집에 우리 집을 포함시켜 고민한다. 언제든 손님이 오기 때문에 누가 온다고 특별히 대청소를 하지도 않고, 친구들도 나와 결이 비슷해서 그런지 편히 들어오고 자기 집에도 나를 편히 들인다.

한편, 사람을 만나는 업무가 잦은 나는 집에 혼자 있을 때의 자유로움도 좋아한다. '집은 자고로 가족들의 온기로 북적대야지!'라는 말에 포함된 '집'도 내가 말하는 집과는 다르다.

'무슨 말씀이세요. 집이란 자고로 차디차서 불꽃같이 일하고 귀가했을 땐 차디찬 글라스에 누런 위스키나 어울리면 되죠.'

내게 집은 원할 땐 타인이 북적대지만 그렇지 않을 땐 모두와 차단되어 머리를 비울 자유가 보장되는 가변적 공간이다. 매일 누가 상주하지 않는다는 것이 주는 기쁨이 얼마나 크게요? 샤워하고 빨가벗고 나와서 냉장고 문을 열고 맥주 한 잔을 원샷할 때까지 자유를 만끽해도 되고, 며칠씩 안 씻어서 나중엔 눈꺼풀에서 내려오는 유분 때문에 눈이 따갑도록 늘어져 있어도 누구의 눈치도 볼 필요가 없다고요. 씻고 원초적인 상태를 유지할 권리와 안 씻어서 원초적인 상태를 유지할 권리가 모두 보장되다니, 우리 집 최고!

기사 이야기로 돌아가서, 물론 중간중간 팁이 되는 조언들도 있었다. 하지만 애초에 타인의 삶에 대해 부탁받지 않은 코멘트를 하는 사람들답게, 조언을 넘어선 과도한 인신공격과 악플에 가까운 말이 넘쳐났다. 타인이 무엇으로 손해를 보든 어떤 삶을 살든 저렇게까지 스스로의 삶을 이입해 날을 세울 이유가 있을까. 그쯤 되니 잔잔한 울분을 누르며 숨죽이고 살던 이들을 자극한 버튼이 아파트일 확률이 높지 않을까 생각됐다. 스스로가 원해서라기보다는 남의 기준에 맞춰 무리하게 아파트를 구매하고 그것 때문에 당장 필요한 삶에서 많은 걸 포기하고 있는 사람들이 꽤 있으리라. 멘탈을 부여잡고 대출금을 갚으면서 살기도 힘든데, 그렇지 않은 사람이 평안하고 태평해 보이는 게 이들이 가진 어떤 버튼을 눌렀겠거니 생각되었다.

이들의 주장에 따르면 나중에 그걸로 돈을 그렇게 번다면서, 왜 이렇게 화가 나 있을까. 그렇게까지 힘들면 그냥 하지 말지. 작가가 되고 싶었지만 세상의 기준에 맞춰 직장 생활을 택한 친구가 '작가라는 직업은 리스크도 크고 말년에 고생한다'는 악담을 늘어놓은 적이 있다. 나를 앞에 두고 굳이 그렇게 이야기하는 속내에 친구의 미련이 엿보여서 그 말을 정정하거나 설득하지 않기로 했다. 그때와 비슷한 느낌을 받았다.

결혼을 해야 어른, 아이를 낳아야 어른… 어떤 사람은 아파트에 살아야 어른이라고도 하는 것이다. 빌라에 사는 1인 가구도 자취하는 대학생 취급을 한다. 아파트를 향해 가기 위한 잠깐의 여정이라고. 누군가에게는 그렇겠지만, 나를 포함한 많은 친구들에게는 그렇지 않다. 살다 보면 아파트가 그리워지는 날이 올지도 모르고, 나도 재테크의 한 수단으로 아파트에 눈을 돌리는 날이 올지도 모르겠지만 그 거대한 욕망에 당장 동참하지 않는 것이 그렇게 누군가를 불편하고 두렵게 만들 줄이야.

누군가 자기소개를 할 때, 그것이 자신의 것과 겹치지 않을 때 스스로의 삶이 지탄받은 것으로 해석하는 사람들이 있다. 상대가 비건이라고 소개를 하면 육식을 하는 자신을 비난했다며 지레 공격을 하고, 결혼하지 않기로 했다고 하면 기혼자인 자신은 바보라는 거냐는 식으로 방어적인 자세를 취하고, 프리랜서라고 소개를 하면 정직원의 삶을 지루하게 묘사한 것처럼 받아들이며 스스로의 직업이 가진 안정성을 갑자기 어필하는 이들. 색깔을 가진 사람에게 두려움을 느끼는 사람들 때문에라도 우리는 각자가 가진 욕망을 더 열심히 드러내면서 살아야 한다고 생각한다. 내게 일점사 되던 타깃이 점점 많아지고, 그 조준 자체가 얼마나 무의미하고 폭력적인 것이었는지 동의를 이끌어내려면.

친구들끼리 그런 이야기를 한다. 4인 가족이 점점 줄어드는 요즘, 언젠가는 우리 주변에 산재한 대단지들을 가지고 비혼자들을 위한 서비스드 레지던스를 하는 사업가가 생길지도 모른다고. 공용 공간을 1인 가구에 맞춰 바꾸고, 건강 관리나 집안일을 서포트하며, 각자의 독립성을 확보해줄 공간을 보장하는 그런 사업을 하면 잘될 거라고. 하지만, 누군가 돈 냄새를 맡고 이런 상품을 만들어 팔기 전에, 이미 존재하고 늘어가는 비혼 가구를 위해 제도가 개입해 주거 공간이 마련되는 혜택이 더 많아져야 한다고 생각한다. 대출부터 청약까지 모든 게 불리한 1인 가구가 아파트든 빌라든 단독 주택이든 원하는 형태의 삶을 살 수 있게 되면 좋겠다. 주택이 좋아 현재는 이런 모습으로 살고 있지만, 언젠가 취향이 변해 새로운 선택지로 아파트를 눈여겨보게 된다면 그것 역시 평등하고 자유롭게 고려할 권리가 있어야 하기 때문이다.

자유롭게 고를 권리, 그리고 고른 것을 자유롭게 말할 권리가 모두에게 있는 내일이 오면 좋겠다. 그것이 사람이든, 성향이든, 집이든 간에.

\\|/

나도
엄마처럼 살고 싶어

팟캐스트 비혼세를 하고 나서부터 비혼자 입장에서의 생각을 묻는 질문을 종종 받는다. 다큐멘터리 인터뷰의 일부일 때도 있고, 지면 인터뷰일 때도 있다. 아무리 비혼세가 비혼자들의 이야기가 많이 안 보여서 시작한 거라지만 이렇게 비혼 얘기를 한 사람이 지금까지 적었는지 몰랐다.

앞에서 말했던 집에 관한 기사는 그날 아침 10시에 온라인에 발행되었다. 담당 기자는 나에게 기사 링크와 함께 혹시나 상처받는 댓글이 달리더라도 개의치 않으셨으면 한다는 사려 깊은 말을 덧붙여 보내주었다. 나는 괜찮다고 했다. 여자들이 자기 목소리를 내면 무슨 말을 해도 공격받는다는 걸 이미 여러 번의 칼럼 기고를 통해 잘 알고 있었다. 명절 때 모두가 특정한 형태로 사는 게 당연하다는 전제를 두고 무례한 질문을 나누지 말자는 취지의 글을 썼을 때는 '이 글을 쓰신 곽민지 씨는 얼마나 예쁘시기에 그러냐.', 운동하는 여성으로서 보이는 몸 말고 기능하는 몸에 대해 사회가 함께 이야기했으면 한다는 이야기를 나눴을 때는 '남자의 사랑을 못 받을 캐릭터들끼리 모여서 사회 탓을 한다.', 성에 대한 이야기를 나눴을 때는 '이모님들 즐거워 보이시네요.'라는 댓글이 달렸다.

그래서, 취재를 했던 기자의 걱정도 그러려니 했다. 내가 무슨 말을 하는지는 중요하지 않을 것이다. "저는 이미 악착같이 돈을 모아 내 집 마련에 성공했고요. 이제 이 집에서 함께 살 남자를 기다리며 조신하게 신부 수업을 받고 있어요. 아이는 둘 정도 낳아서 현모양처로 잘 살 거랍니다."라고 하지 않는 이상, 나머지 뽑기를 뭘 해도 결과는 같으리라는 걸 알고 있다. 약간은 예상했지만 기사는 대박이 터져 댓글이 약 1,500개가 달리며 메인을 장식했다. 그리고 남들이 사는 대로 살지 않는 데다가 감히 그 삶과 생각을 전시한 비혼 여성에 대한 '일침 101(을 빙자한 '악플 101')'이 열렸다.

'알코올 중독으로 죽을 것이다.'
'우리 와이프도 서른 중반까진 너처럼 잘난 척했다.'
'네 부모는 딸이 이 모양인데 잠이 오겠느냐.'

그리고 오늘도 없으면 서운할 뻔한 댓글.

'딱 결혼 못 할 스타일!'

앞에서 두 페이지 정도의 댓글을 보고 '아이고, 만선이네. 기자님 뿌듯하시겠다' 하면서 댓글창을 닫았다. 물론 내가 그렇게 반응한다고 해서 그 악플이 써도 괜찮은 것은 절대로 아니다. 다만 내가 그걸 다 읽기에는 해야 할 일이 많아서 경찰서에 넘길 옥석을 아직 가려두지 않았을 뿐. 읽으라고 쓴 글 아닌가. 읽으라고 쓴 글에는 책임이 따르고, 그걸 간과했다가 한번 호되게 망할 수 있다는 사실은 작가나 악플러나 매한가지다.

하지만, 이번처럼 이런 댓글이 터져나갈 땐 가족 단톡방에 기사나 칼럼을 공유해주지 않는 게 내가 만든 일종의 규칙이다. 내가 선택한 일과 그로 인해 겪게 되는 경험들로 인해 느끼는 불쾌감을 가족에게 전달해주기는 싫으니까. 그리고 나 역시 나보다 우리 가족이 누군가에게 비난받을 때 더한 분노를 느끼기도 하고, 나처럼 이런 일에 매뉴얼이 있지도 않은 그들의 하루를 불필요하게 망치고 싶지 않았다. 그런데, 이번에는 아빠가 단톡방에 내 기사 링크를 올렸다. 그리고 평소에는 왼손에 애정을, 오른손에는 작대기를 들고 나를 지적하는 우리 엄마가 웬일로 지적 없이 말했다.

"잘 썼네~"

아이고, 엄마 아빠 속상하구나.

그리고 얼마 후, 엄마 집에 놀러 갔던 나는 엄마와 이 일에 대해 이야기를 나누었다. 내가 덤덤하게 말하자 엄마가 우리 딸 장하다는 듯이 그랬다. "거기 누가 '네 부모는 딸이 이 모양인데 잠이 오겠느냐'고 썼더라? 로그인을 해서 댓글을 달까 했어. '잠 잘만 잔다, 이놈아!' 하고. 근데 댓글 달아본 적이 없어서 관뒀지." 우리는 한참 웃으면서 이 이야기를 했는데, 엄마는 내가 괜찮은 게 진짜냐고 몇 번이고 확인했다.

"엄마는 그럼 됐어. 엄마는 다른 걸 걱정한 게 아니라… 그 사람은 네가 어떤 아이인지 알지도 못하면서 그런 말을 하잖아. 그게 화가 났지. 우리 딸이 어떤 애인지도 모르면서…."

그 순간, 엄마 목소리가 떨리더니 눈물이 고였다. 엄마는 보여서는 안 될 모습을 보인 것처럼 눈물을 황급히 닦으면서 '네가 있으니까 갑자기 말하다가 눈물이 다 난다'고 하며, 이 기사를 읽었을 당시에는 절대 울지 않았다고 너스레를 떨었다. 덤덤한 척 눈물을 훔쳐내는 엄마에게 "아니, 이 선생님 왜 이러세요~" 하고 웃었다. 우리는 서로가 정말로 괜찮은지를 몇 번 더 확인하고서 헤어졌다.

그러고 나서, 사유리 씨가 비혼인 채로 아이를 출산했다는 뉴스가 들려왔다. 초반 보도를 한 매체에서 연락이 와서 인터뷰에 응해줄 수 없겠느냐고 물었고, 나는 반나절을 고민하다가 거절했다. 내가 거창하고 멋진 이야기를 해줄 수 있는 사람은 못 되지만, 응원하고 싶은 누군가가 텔레비전 너머에 있다면 얼마든지 해주고 싶었다. 하지만 '그 결과로 엄마가 울게 되면 어쩌지' 하는 생각이 들었다. 물론 금방 그 생각에 대해서 후회했다. 절대 해서는 안 될 생각이었다. 엄마는 인터뷰에 응했기에 운 게 아니다. 내가 어떤 사람인지 모르고 주절대는 사람이 준 상처 때문에 운 것이다. 그렇다면 내가 할 일은 나 같은 목소리에 힘을 실어주는 일이지, 다시 '나'라는 사람이 사라져서 우리가 작아 보이도록 숨는 일이 아니었다. 그래서 후속 인터뷰에 응했다.

그리고 다음 달, 내 생일을 맞아서 나는 다시 엄마 아빠 집에 갔다. 미역국을 얻어먹고, 단것을 못 먹는 날 고려해 케이크는 작은 호빵으로 대체한 작은 생일 파티를 했다. 올해 일어난 큰 변화 중 하나는 내가 비혼자라는 아이덴티티를 가지고 많이 활동한 것이라 자연히 그 이야기가 나왔다. 그리고 엄마는 조심스럽게 사람들이 그렇게 공격한다는 걸 알면 그런 이야기를 좀 안 할 수 없겠느냐고 물었다. 물론 네가 이상한 말을 하는 것은 아니지만, 그 사람들에게 괜한 빌미를 제공하지 않느냐고. 엄마는 네가 그런 얘기를 듣는 게 속이 상한다고.

그놈들이 우리 엄말 움직이다니.
우리 엄마를 겁 먹이다니.
나를 제일 자랑스러워하는 사람이
내 입을 틀어막으려는 시도를 하게 만들다니.

그리고 거기에 힘없이 넘어간 엄마가 야속했다. 그래서 엄마에게 화를 냈다.

"엄마가 이러면 안 되지. 어떻게 그 사람들이 원하는 말을 엄마가 할 수가 있어? 그 사람들은 자기네들 입맛에 맞는 사람들만 정상이라고 하면서, 나머지 사람들은 다 없는 것처럼 조용히 살라고 하는 사람들이라고. 엄마, 내 칼럼 안 읽었어? 거기서 아무도 공격하지 않았잖아. 결혼해서 집 사고 잘 사는 사람들, 다 이해하고 응원한다고 했잖아. 그냥 나 같은 사람도 있다는 그런 내용이었잖아. (엄마 왈, "당연히 읽었지.") 근데 내가 뭘 잘못했다고 나보고 조용히 하라는 거야. 엄마가 날 이렇게 키웠잖아. 누구 앞에서도 주눅 들지 말고 기죽지 말라고. 근데 왜 하필 그런 사람들 때문에 웅크리고 살아야 하는데?"

실제로는 더 격하고 못되게 말했을 게 분명하다. 놀란 아빠는 화가 나서 아무 말이나 하는 나를 멈추려고 하고, 엄마는 내가 걱정돼서 그런다고 했다. 모르는 게 아니어서 더 속이 상했다.

"엄마는 자기소개 한다고 공격받지 않잖아. 남편이랑 결혼해서 딸 둘 낳고 그중 하나는 자녀가 둘 있고, 열심히 마련한 자가 아파트에서 산다고 자기소개 했을 때, 그 얘기에 공격받지 않잖아. '지금 아파트 안 산 사람을 바보 취급하는거냐', '남편 없는 사람들을 비하하는 거냐', '출산 안 한 사람을 무시하냐', '네 결혼 생활 얼마나 오래 가나 보자', 그러는 사람 없잖아. 엄마는 나를 걱정할 수 있어. 그런데 엄마는 내 입장이 될 수 없어. 나도 엄마처럼 되고 싶어. 결혼해서 애 낳고 싶은 게 아니라, 나도 엄마처럼 내가 사는 방식을 사람들이 그러려니 했으면 좋겠어. 내가 누군지 말한 것만으로 공격받지 않고 싶어."

생일 찬스였는지, 엄마는 흥분한 내 말을 잠자코 들어주었다. 그러더니 물었다.

"그럼 너는 그런 말 들어도 정말 괜찮아?"

당연하죠. 저 양반들이 나한테 뭐라고 하든 내가 알 바예요, 쓰레빠예요. 엄마를 포함한 내 사람들이 나를 지지해주는 게 중요하지.

"엄마가 내 편이면 나는 괜찮아. 근데 엄마가 저 사람들이랑 똑같이 나한테 없는 사람처럼 살라고 하면 그때부터는 안 괜찮아."

"내가 언제 또 너보고 없는 사람처럼…."

불리해서 잔을 들었고, 엄마는 눈을 흘기면서 건배했다.

오늘도 이렇게, 하마터면 내릴 뻔한 엄마를 내 배에 다시 태우고 간다.

일일이 붙잡느라 느리게 가더라도 나는 꼭 같이 가고 싶어. 비혼이라서 우리의 배에서 나 혼자 내리거나, 내 말을 듣지 않을 거면 다 내리라고 하고 싶지 않아. 서로의 삶을 가까이서 물끄러미, 하지만 서로를 바꾸라고 할 정도로 겹쳐지지는 않는 선에서 지켜보면서 박자를 맞춰가고 싶어. 우리가 모두 달라도 아주 오래전부터 다르다는 게 우리를 특별하게 만들어줬잖아요. 그걸 포기하면 안 되지. 내 비혼 라이프를 존중해줘서 고맙다곤 하지 않을게. 나도 엄마 기혼 라이프 존중해주니까, 우리는 하던 대로 그렇게 함께 갈 수 있을 거예요. 파이팅!

\\ I /

비혼자의
결혼식

지난 주말에는 영은의 결혼식에 다녀왔다. 강릉에서 있었는데, 결혼식에 참석하는 핑계로 강릉 여행을 하기로 했다. 친구 결혼식에 참석하러 강릉에 간다고 했더니, 지인들이 '너는 비혼인데 결혼식을 가기 위해 힘들게 지방까지 가냐'고 했다. 그러고 보니, 이런 질문을 많이 받았다.

1. 비혼주의자는 친구 결혼식 가나요?
2. 돈만 내고 보통 안 가죠?
3. 축의금 낸 거 회수 안 되는데… 아깝지 않나요?

일단 나를 기준으로 대답하자면,

1. 비혼주의자는 친구 결혼식 가나요?

간다. 친구가 술집을 개업하면 개업식도 가고, 친구가 아프면 병문안도 가고, 친구가 새 책을 내면 출판 기념회도 가는데 못 갈 이유가 뭔가. 나만큼 글 쓰는 데 진심이 아니거나 책에 관심이 없는 친구들도 내가 책을 내면 내 북토크에 와주는데, 사랑하는 친구가 스스로의 삶에 중요하게 생각하는 기쁜 이벤트가 있으면 안 갈 이유가 없다. 개업 화환도 보내주고 취업 축하턱도 쏜다. 같은 마음으로 결혼식도 간다. 다만, 결혼하는 사람들처럼 약간의 친분만 있어도 의무감에 모든 결혼식에 가주지는 않는다.

아마도 결혼식에 가는 사람들에게는 크게 세 가지 이유가 있겠는데, 첫 번째로는 정말 기뻐서 함께 축하해주기 위해서. 두 번째로는 참석하는 게 예의인 관계이거나, 애매한 사이지만 본인도 결혼 계획이 있어 으레 주고받는 품앗이로 생각해서. 세 번째로는 이미 결혼을 해서 받은 것을 되갚고 싶어서가 아닐까. 나는 주로 첫 번째 케이스일 경우에만 간다. 그러므로 돌려받거나 말거나 아깝지 않다. 보통 내가 결혼식에서 축의를 한 친구들은 이미 그보다 몇 배의 술을 나한테 산 적이 있을 터라 우리 사이에 그깟 몇만 혹은 몇십만 원을 따져봐야 내가 쓴 돈이 더 많을지 네가 쓴 돈이 더 많을지 명확하지도 않다.

2. 돈만 내고 보통 안 가죠?

이 질문에는 결혼식이 내게 고통스러운 자리일 거라는 걱정이 깔려 있는데, 전혀 그렇지 않아서 간다. 오랜만에 동료들을 만나는 것도 좋아하는 '확신의 ENFP'이기 때문에라도 간다. 결혼 여부나 결혼 계획 여부를 묻는 질문에는 당연히 궁금할 수 있는 질문이라 친절히 대답해주고, 가끔 정말 무례한 어투로 결혼 어택을 하는 경우에는 방송인 김새롬 씨가 방송에서 '고조선이야, 뭐야~' 했던 표정으로 '어휴, 질문 꼴 좀 봐. 촌스러워~'를 하면서 잘 마무리한다. 축의금도 냈는데, 밥도 야무지게 싹싹 긁어먹고 와야 한다, 암.

3. 축의금 낸 거 아깝지 않나요?

1의 답변에서 말했던 대로 내가 결혼식에 가는 친구들은 이미 내게 산 술이 오조오억 원치여서 전혀 아깝지 않기도 하지만, 그것을 떠나 '네가 더 샀냐. 내가 더 샀냐' 계산기를 두들겨보지 않더라도 전혀 아깝지 않다. 결혼 준비를 하는 친구들을 보면 단기간에 스트레스도 많이 받고 고생도 많이 한다. 자기가 택한 일이라고 해서 그 과정이 항상 해피하지만은 않다는 건 꿈에 그리던 직업의 세계에 입성만 해도 누구든 알 수 있는 일이다. 그런 친구에게 응원의 마음으로 술도 사주고 싶고 밥도 사고 싶지만, 그럴 시간도 여유도 없는 친구에게 기프티콘을 보내는 마음으로 축의금을 내기 때문에 역시 인색한 마음은 들지 않는다. 사실 축의금을 낸 게 회수되지 않는다고 해서 아까울 정도면 그게 친구인지 잘 모르겠다.

어쨌거나, 결혼을 하고 싶었던 영은이가 결혼 생활을 함께

하고폰 애인과 결혼을 한다기에 신나게 강릉으로 달려갔다. 영은은 구 년 전 운동 모임에서 만난 친구인데, 이제 그 모임에 비혼자는 나와 휘영뿐이다. 영은이가 서울이 아닌 강릉에서 결혼식을 하게 되어 오라고 하기 미안하다고 했을 때, 우리는 친구의 결혼을 핑계 삼아 이미 여행 계획을 다 짜놓은 상태였다.

강릉까지 움직이지 못하는 언니들이 대신 전해달라고 건넨 축의금을 가지고, 요가를 마친 휘영을 픽업해 밤을 헤집고 강릉 숙소로 달렸다. 휘영은 회사를 다니면서 요가 강사를 하고 있다. 주의가 산만해 명상이나 요가는커녕 러닝도 못하는 나는 휘영이 참 멋지고 부럽다. 네팔에서 요가에 빠진 휘영이 회사 생활을 쪼개 요가 강사 자격증을 딴다고 했을 때 그러려니 하며 들었는데, 막상 휘영이 가르치는 센터를 나와 컴컴한 밤 요가 매트를 끼고 내 차 조수석에 오르는 걸 보고 있자니 내가 키운 자식인 양 우쭐해졌다. 남의 애는 금세 큰다더니, 우리 휘영이가 벌써 몇 년차 요가 선생님이 되었다!

차를 타고 가는 내내, 휘영의 회사 이야기를 들었다. 좋은 선배, 좋은 자리, 무엇보다 휘영이 회사를 다니면서 밤에는 요가 수업을 할 수 있는 것으로 봐서 괜찮은 회사라는 생각이 들었다. 그러던 중 휘영이 신기한 얘기를 했다.

"그런데 언니, 경조사비를 걷어 가요. 축의금 돌잔치 명목으로, 다달이!"

"회사가?"

"네. 좀 너무하지 않아요? 모두가 결혼하고 애 낳는 것도 아닌데!"

자세히 들어보니, 각자 개별적으로 축의를 하는 것과 별개로 아예 월급에서 각출해서 가져가는 경조사비가 있다는 것이었다. 그러다 결혼을 하고 돌잔치를 하게 되면 그만큼 회사에서 받는 형식이었다. 일종의 곗돈 같은 것. 문제는 계는 모두가 돌아가며 타기라도 하지, 결혼과 출산은 모두가 하는 게 아닌데?

"그래서, 열 받아서 그냥 결혼할까? 돈 아까워! 생각이 든 적도 있었다니까요."

아직 결혼을 할지 안 할지 정하지 않은 비혼자에게, 회사가 나서서 축의금이랍시고 돈을 각출해 가는 건 사실상 '삥'이다. 게다가 돌잔치에 대한 경조사비도 각출된다니, 뭔 미친 소리여. 아무리 사회가 결혼과 출산을 당연히 해야 하는 것으로 몰아간다지만, 이건 정말 대관령 양떼 목장 수준이다. 자, 생각이란 걸 하지 말고 들어가세요. 얼른 우르르 들어가 짝을 지으세요!

그 말을 하는 휘영은 현재 에스컬레이터 위에 있다. 결혼을 하고 싶어 하는 애인, 두 사람이 결혼하길 바라는 애인의 부모님, 그리고 당연하다는 듯 경조사비를 월급에서 쏙쏙 빼 가는 회사. 내가 회사 생활에서 멀어져 프리랜서 작가로 살고 있기 때문에 얼마나 세상이 결혼을 디폴트로 여기는지 잠시 잊고 살았다! 그런 환경에 놓여 있다면 '결혼이란 걸 왜 해야 할까?'고민하는 것은 그 자체로 쿠데타처럼 보일 테다. 이런 반동분자! 에스컬레이터 역주행자! 너 때문에 에스컬레이터에 올라탄 사람들이 당황하는 것 좀 보라고. 얼른 몸을 돌려서 흐름에 몸을 맡기지 못해?

그날 밤, 우리는 긴긴 얘기를 나눴다. 휘영은 결혼 자체가 하고 싶진 않지만 해야 한다면 지금 애인과 하고 싶다고 했다. 부디 휘영의 애인도 휘영처럼 생각해주면 좋겠다. 결혼은 하고 싶지만 지금 애인은 연애를 원하니 이 친구와는 연애를 하자고. 왜 결혼을 원하는 사람과 원치 않는 사람 중에 후자가 상대방을 괴롭히는 사람이 될까? 상대와 현재에 집중하고 싶은 연애 자체에 더 높은 점수를 줄 수는 없는 것일까. 조금 더 시간을 두고 제로베이스에서 모든 가능성을 열어두고 싶다는 휘영의 마음을 응원한다. 하지만 친구로서, 휘영의 생각과는 다른 주변 환경에는 섭섭함을 지울 수 없다. 평등하게 고민하고 상쾌하게 선택할 자유, 그것도 행복한 결혼의 중요한 조건일 텐데.

다음 날 아침, 침대에 껌딱지처럼 붙은 나와 달리 휘영은 일어나자마자 모닝 요가를 했다. 뒹굴거리며 그 모습을 지켜본 후, 후다닥 준비를 하고 결혼식장으로 향했다. 영은의 결혼식은 주례 없이 부부가 직접 꾸린 방식으로 진행되었다. 직접 쓴 결혼 선언문에 영은의 캐릭터가 녹아 있어서 좋았다. 결혼식이 끝난 후, 그날 도착한 또 다른 운동 모임 멤버, 예슬과 예슬의 남편, 딸과 함께 주문진에서 바다를 보며 커피를 마셨다. 그리고 강릉 토박이인 예슬에게 소개받은 집에서 대게를 사다가 쪄서 휘영과 숙소로 돌아왔다. 스파클링 와인에 대게를 하나하나 클리어하고, 와인을 더 사러 나갔다가 취기에 떠밀려 해변으로 가서 기억도 안 나는 심령사진을 여러 장 찍었다.

각자가 선택한 행복으로 넘쳐나는 주말이었다. 내년, 내후년 봄에 우리 모두는 어떤 모습일지 알 수 없지만 스스로 선택한 주말을 지내는 중이면 좋겠다고, 그렇게 생각했다.

\\|/

비혼으로 살려면
돈을 많이 벌어야 해

"여자는 결혼을 해야 해."

"대고모님은 결혼하지 않으셨잖아요?"

"난 돈이 많잖니."

영화 〈작은 아씨들〉에서 결혼에 의문을 품고 사는 조는 홀로 사는 대고모에게 묻는다. 대고모 역을 맡은 메릴 스트립 특유의 뾰족한 입매와 따뜻한 눈으로 "난 돈이 많잖니."라고 했을 때 영화관에서 이 장면을 본 나와 친구는 순간 서로를 바라보았다. 가슴 한쪽을 부여잡으며. 윽! 우리는 대고모님만큼 대부호가 아닌데.

비혼으로 살려면 돈이 많아야 한다. 언뜻 맞는 말 같아 보이지만, 달리 말하면 돈이 없으면 비혼으로 살아선 안 된다는 말로도 들린다. 나 역시 비혼이라고 소개했을 때, 재테크 노하우나 노후 계획은 어떻게 되시냐고 많이 묻는다. 그게 정말로 나에게 팁을 구하고자 하는 것인지, '너 노후 계획은 되어 있는 상태로 비혼으로 살겠다는 거니?'라는 단속인지 가끔은 헷갈린다.

사람이 행복한 삶을 이어나가려면 어느 정도의 돈은 당연히 있어야 한다. 녹록지 않은 현실 속에서도 조금씩 자금을 쪼개고 통장도 쪼개고 주거 형태도 바꿔나가면서 예기치 못한 상황에 대한 대비를 하며 지내야 한다. 가치관에 따라 어느 정도로 해나갈 것인지는 다르겠지만 있는 돈을 다 쓰지 않는 선에서 재산 증식을 염두에 두고 내 삶을 대비해야 한다는 큰 전제에는 대부분 동의할 것이다. 하지만 '비혼이면' 돈이 많아야 한다는 말의 뒷면이 나는 쓰라리다.

사람들은 결혼을 이야기할 때, 결혼의 해피엔딩이 모두에게 적용될 것처럼 말한다. 평생 서로를 책임질 의지가 한순간도 흐트러지지 않을 두 사람이 평생 일정한 보수의 일을 보장받으며, 평생 헤어지지 않고 한날한시에 눈을 감을 것처럼. 결혼이라는 문턱만 넘으면 평생 내 삶을 경제적으로 서포트할 사람을 두게 됨으로써 자연히 노후 걱정은 사라지는 것처럼. 그러다 문제가 생기더라도, 그때그때 잘 대응해가며 살아가면 되는 것이라고 서로를 다독이며 새로운 결혼 앞에서도 같은 환상을 이야기한다.

하지만 곁에서 살아가는 기혼자들의 삶을 보면, 결혼은 절대 결혼 그 자체로 모든 안정성을 보장하지 않는다. 내가 책임져야 할 생계가 갑자기 n인분으로 늘어갈 수도 있고, 결혼이 파기되면서 내가 믿었던 장기적인 재무 플랜이 사라질 수도 있다. 결혼으로 만들어진 가족은 1인분의 삶보다 기본적으로 필요한 재무적 부피 자체가 크다.

친구 B는 4년을 사귄 애인과 결혼하고 나서, 결혼에 드는 비용이란 것이 얼마나 큰지 실감하고 있다. 결혼 이벤트 자체에 드는 돈 외에도, 부부 단위가 되면서 추가되는 사회적인 활동도 늘어가고 자녀를 계획하면서 주거에 드는 돈도 커졌으며 아마 앞으로 계속 커질 것이다. 재무 설계나 돈에 대한 계획은 기혼자에게도 중요한 것이다. 저러다가 저 사람이 일을 못 하면 나는 어떻게 될까. 혹은 내가 일을 못 하게 되거나 둘 다 그렇게 된다면? 가족을 꾸리고 산다는 것은 삶의 서포터가 생긴다는 것인데 반대로 말하면 내가 나 혼자 건사하기도 허덕일 때 다른 사람까지 서포트해야 하는 상황에 처할 수도 있다는 뜻이다.

여자가 비혼으로 살려면 경제관념에 밝아야 한다는 말에서, 사실 비혼은 삭제해도 된다. 만약 비혼이란 말이 저 문장에서 정말정말 중요하다고 끝없이 주장한다면, 기혼 여성은 경제관념에 밝지 않아도 된다는 말로도 읽힌다. 성인 여성이 누군가와 결혼했다고 해서 삶에 필요한 재무적 감각과 노력을 파트너에게 전부 의탁해버려도 괜찮을 리 없다. 모든 기혼 여성이 그렇게 살고 있지는 않으며 그렇게 살아서도 안 된다.

또 다른 지점에서는, 비혼에 대한 공포를 조장하는 말이기도 하다. 비혼을 한창 고민할 나이의 사람들 중 몇 명이나 완벽한 노후 준비가 완성되어 있을까? 기혼자 중에서는? 우리는 각자 세상에서 제 몫을 하면서 오늘 당장을 꾸려나가고, 그중 일부를 떼어 다음을 준비해 나가면서 살아갈 뿐이다. 비혼자에게는 펜트하우스 자가 소유에 몇 억의 현금이라도 있어야 안정적일 것처럼 말하지만, 훨씬 적은 수입으로 결합하는 부부에게는 '둘이서 노력하면 어찌저찌 된다'고 한다.

비혼자에게 끊임없이 신중하라고 말하는 만큼, 결혼에 대해서도 같은 이야기를 나눠보면 좋겠다. 결혼이 어떤 책임을 포함하는지, 그 책임을 위해 나는 현재 얼마나 준비되어 있고 얼마나 각오가 되어 있는지, 결혼 생활 중에서도 이 결혼의 형태가 얼마든지 변화할 수 있다는 것을 염두에 두고 한 개인으로서 스스로를 돌보고 변수에 대비해야 한다는 것을 함께 이야기해야 한다. 비혼자의 대부분은 중년이 되자마자 모든 인간관계를 잃고 고독사할 것처럼 묘사하면서 아무나 만나 빨리빨리 결혼하라고 하는 사이, 그런 불안을 안고 결혼한 기혼자도 그 말에서 불안을 안고 살아가는 비혼자도 행복해지지 못한다.

나는 불안하다. 내일 나에게 무슨 일이 일어날지 나 역시 모르긴 마찬가지다. 하지만 배우자의 존재가 그 불안을 불식할 수 없다는 것도 잘 알고 있다. 그래서 나는 그 불안을 안고 일을 하고, 내 통장을 살피고, 내 몸을 돌보고, 운동을 하고, 나와 비슷한 결의 사람들을 부지런히 만난다. 하지만 단연코 그게 내가 비혼주의자여서는 아니다. 나는 내 삶을 책임질 의무가 있는 성인이기 때문이다. 결혼 생활을 했어도 크게 다르지 않았을 자세로 살고 있다.

우리가 해야 하는 일은 '그러니까 결혼하자!'고 주장하는 것이 아니라, 혹은 '멋지게' 살아야지만 비혼 자격이 있는 것처럼 여기는 게 아니라 결혼을 하지 않은 사람, 나아가 그 결혼이 파기된 사람도 복지나 권익에서 소외되지 않고 살아갈 수 있는 세상을 함께 만들어가는 일이 아닐까. 결혼으로 꾸린 가족의 존재가 없다는 이유로 돌봄에서 소외되지 않도록, 가정을 경영하면서 전업 주부의 이름으로 살아가다가 사회로 나왔을 때 경력 단절이라는 이유로 차별받지 않도록, 배우자가 먼저 사망한 노인이 고독하게 죽음을 맞지 않도록. 삶이 영원하지 않은 이상 홀로의 평온한 삶이 보장되지 않는다면 결혼이 만들어주는 안정감 역시 그 자체로 위태롭다. 그걸 함께 개선하려는 노력에 비혼이나 기혼의 편 가르기는 필요 없다.

그러니 우리, 괴물이 되지 않는 선에서 돈 열심히 법시다. 미래를 위해서 저축도 좀 하고요, 번아웃 오기 전에 여행도 좀 하고요. 조수석에 누가 있든 없든요.

\\|/

**제 장례식 앞줄에
서주시겠어요?**

아빠 쪽 할머니께서 돌아가셨다.

할머니의 건강 상태가 많이 안 좋으시다는 말을 들었을 때 나는 제주에 있었고 다음 일정은 전남 구례였다. 곧장 서울로 올라갈지 물으니 아빠는 그러지 말라고 했다. 오늘내일 하시는 상태도 아니고, 코로나 때문에 어차피 면회도 되지 않아서 서울에 올라오더라도 만날 수가 없으니 정해진 일정을 소화하라고. 전화를 끊고 비행기를 타서 구례로 향했다.

다음 날 아침, 엄마에게서 울음 섞인 전화가 왔다. 큰일이 아니라면 그 시간에 전화를 걸 리가 없었다. 가족들은 내가 프리랜서라 자는 시간이 늦고 일어나는 시간도 늦는다는 걸 알고 있기 때문에 11시 이전에는 연락할 일이 있어도 잠을 깨울까 봐 연락하질 않는다. 휴대폰에 발신자로 엄마가 뜬 걸 보자마자 핸드폰을 귀와 어깨 사이에 끼고 "여보세요" 하면서 짐을 챙기기 시작했다. 할머니께서 오늘을 넘기지 못하실 것 같다고 했다. 급하게 터미널로 향해 곧바로 서울로 왔다. 아빠는 옷 갈아입고 오라고 했지만 아무래도 좋지 않은 예감이 들어서 집에 들러 캐리어를 트렁크에 던져 넣고 차를 몰아 병원으로 왔다.

병원에 도착해 아빠를 보자마자 얼른 끌어안았다. 덤덤한 척 '어 왔어?' 하던 아빠는 내가 끌어안고 등을 쓰다듬자 크게 한숨을 내쉬었다. 그 한숨에 약간의 울음이 희석된 것 같았다. 좀 전까지 눈을 뜨고 계셨다던 할머니는 의식이 없으셨다. 내가 손을 잡았을 때 손을 꽉 쥐는 느낌이 있었지만 반사적인 반응인지 정말로 손을 잡으신 것인지는 알 길이 없었다. 할머니께서 떠나실 때, 아빠는 할머니의 손을 잡고 있었지만 말을 아꼈다. 엄마는 아빠보다 더 목 놓아 울면서 어머니에게 무슨 말이라도 하라고 했지만 아빠는 한동안 할머니 손만 꼭 잡고 있었다. 그러더니 이내 '미안하다'고 했다. 어머니를 떠나보내면서 미안하다는 말을 하는 건 어떤 마음일지 상상되지 않았다. 엉엉 울지도 못하고 많은 말을 쏟아내지도 못하는 아빠가 슬펐다.

막둥이 작은아버지와 귀여움을 듬뿍 받던 여동생을 두고 장남으로 큰 아빠는, 내가 보기에는 항상 의무만 짊어진 큰아들처럼 느껴졌다. 그 의무에는 어머니도 동원되었고, 가끔은 그런 짐을 지운 할머니가 미웠다. 엄마는 할머니에게 고마웠다고 말하면서 엉엉 울었다. 많은 걸 해주고도 미안하다는 말만 반복하는 아빠와 시집살이로 고생하고도 고마웠다고 말하며 울음을 터트리는 엄마. 손녀인 나의 시선만으로는 절대로 추측해낼

길이 없는 할머니와의 깊은 역사가 있었으리라. 그 마음이 아득해서 슬펐다. 나도 할머니의 손을 잡고 마지막 인사를 했다. 어릴 때 할머니 집에 놀러 가면 자기 전에 세수를 시켜주셨는데 당시 내 얼굴에 닿은 감촉으로 더 생생히 기억하던 손이었다. 아빠의 손과 비슷해서 좋아했던 두툼한 할머니의 손을 마지막으로 잡고 인사를 했다. 가시는 길을 지켰다는 게 다행스러우면서도 마지막 대화를 하지 못한 것은 두고두고 슬프다.

의사가 와서 할머니의 사망을 선고하고, 할머니는 영안실로 옮겨졌다. 할머니를 영안실 한 칸에 안치하고 나서부터 해결해야 할 현실의 일들이 밀려왔다. 가족을 잃은 직후 그 어느 때보다 폭풍 같은 할 일들이 펼쳐진다는 것을 나는 할머니를 보내고 나서 알게 되었다.

먼저, 장례식장을 배정받아야 한다. 이때부터 장례 절차 내내 돈과의 싸움이 시작되었다. 현재 남아 있는 장례식장은 몇 호인지, 각 호마다 가격은 얼마인지를 이야기한다. 당장 갈 수 있는 병원 내 장례식장 호실은 가장 큰 규모의 방뿐이었기 때문에 우리는 다음 날 아침 일찍 자리가 나는 더 작은 곳을 선택했다. 코로나 시국이어서 어차피 손님들도 많이 올 수 없기 때문에 더더욱 큰 곳에서 지낼 이유가 없었다. 그나마 다른 병원 장례식장까지 이동할 필요가 없는 상황을 고마워해야 했다. 몇 호실로 할 것인지를 이야기하고 나서 장례식장 사무실로 자리를 옮겼다.

　나는 부모님 곁에 앉아 장례 계약 전반을 함께 참여하게 되었다. 가입된 상조 회사가 있는지 이야기하고, 상조 회사가 있을 경우 생략되는 항목들을 건너뛴다. 그렇다고 해도 제사상 차림, 제사의 횟수, 꽃 장식 등을 하나하나 다 선택해야 한다. 결혼식을 할 때 예식장에서 수많은 옵션을 고르는 것도 진이 빠지는데, 아픈 가족을 두고 밤을 새우다시피 했다가 끝내 그 가족을 잃은 사람들이 그걸 일일이 결정하는 일은 곁에서 지켜보기에도 고통스러웠다. 고인에게 못 해준 것이 썰물처럼 밀려와 그 마음을 감당할 길 없는 사람들에게 마지막 가는 길 견적을 뽑아야 하는 건 어떤 의미에서 대단한 장사로 느껴졌다. 어른의 세계에 한 발짝 들어온 느낌이었다. 슬펐다.
　수많은 옵션 중에서 혹시나 슬픔에 잠겨 괜한 최고가를 부르지 않도록, 자식보다야 덜 슬픈 손주의 입장에서 냉정하게 의견을 내면서 함께 여러 가지를 골랐다. 장례식장 세팅 담당이 나가면 그다음으로는 음식 담당자가 들어왔다. 그다음에는 상조 회사 직원이 들어왔다. 조문객 반찬 종류까지 다 정하고 나서야 사실상 장례 주문서 작성이 마무리되었다. 할머니를 안치할 때 신체를 닦는 데에 쓰일 약품 하나까지 청구된다는 것을 알고 나자 마음이 복잡했다. 슬픔은 비쌌다. 절차를 마무리하고서 국밥 한 그릇을 뒤늦은 저녁으로 먹고 집에 왔다.

다음 날 아침, 장례식장에 왔다. 상조 업체에서 가족을 위한 장례 의상을 가지고 왔는데, 나는 가지고 있는 검정색 슈트를 입고 와서 옷은 따로 대여하지 않았다. 대여 물품과 함께 경황이 없어 검정 양말을 준비하지 못한 가족을 위해 양말도 판매하는 시스템이었는데, 낱개 포장된 열 개의 양말 중 두 개만 사용했는데도 열 개 값을 계산하는 걸 보고 항의를 했다. 열 개짜리 포장을 뜯은 거면 모를까, 낱개 제품 열 개를 고무줄로 동여맨 것뿐인데 왜 열 개 값을 지불해야 하냐고 물었더니 원래 그런 거라고 했다. 이미 마음이 지친 작은엄마는 그럼 그렇게 하시라며 잡음 없이 직원을 돌려보내려고 했지만, 나는 도저히 납득할 수 없어서 그 돈은 드릴 수 없다고 잘라 말했다. 직원은 짜증스러운 말투로 그럼 두 개 값만 내라고 했다. 이때부터 장례 내내, 슬픔에 잠긴 사람들을 상대로 불합리한 장사를 하는 사람들과 날을 세우는 일이 이어졌다. 엄마 아빠가 그걸 상대하기엔 너무 지쳤을 것이고, 무엇보다 환갑을 넘긴 부모님의 보호자는 나라고 생각했기 때문에 그런 상황을 마주칠 때마다 일일이 관여했다. 상주 어디 계시냐고 하면 손을 들고 달려나갔다. 잠이 부족한 아빠가 굳이 할 필요 없는 자잘한 일들을 결정하고 교통정리를 했다.

"상주님 여기 사인 좀 해주세요." 하는 말에 달려나가 사인을 하면, 남자분 안 계시냐고 물었다. 나는 내가 상주나 마찬가지라고 하고 사인을 했다. 아빠에게는 딸이 둘 있는데 언니는 두 아이를 보고 있는 데다 코로나 때문에 쭉 현장을 지킬 수 없었다. 그렇다면 비혼의 막내딸이 이 장례식장의 상주여서 이상할 게 없다는 게 내 생각이었다. 아빠 역시 내가 하는 것이 맞다고 느꼈을 것이다. 그런데 누가 봐도 서른 중반을 넘긴 성인인 내가 장례식장에서만큼은 못 미더운 어린 여자애가 됐다. 프리랜서로 살다 보니 여러 이익 관계가 충돌하는 현장에서 여성 인력을 못미더워할 때, 어떤 식으로 대처해야 하는지 알고 있었다. 설득하지 않고 그냥 일을 해치워버리는 것이었다.

제사가 시작되고, 나는 아빠 뒤에 섰다. 제사 절차 중 하나로 완장과 머리핀을 지급했다. 내 짧은 머리에는 머리핀을 꽂을 곳이 없고, 입은 옷도 슈트여서 그냥 내게도 완장을 주실 수 있는지 물었지만 받아들여지지 않았다. 제사 절차 중에 잡음을 내고 싶지 않아 머리핀을 받아서 옷깃에 꽂았다. 장례는 모두가 자주 겪는 일이 아니어서 능숙한 사람이 없기 때문인지, 장례 지도사님이 모든 절차를 하나하나 안내하면서 진행되었다. 절을 할 때, 남자는 오른손을 위로 오도록 하고 여자는 왼손을 위로 오도록 포개야 한다고 했다. 이 슬픈 와중에 남자 여자를 소리 내어 구분하고 앉아 있는 게 한심하게 느껴졌다. 그 비뚤어진 마음을 담아 굳이 오른손을 위로 오도록 포개어 절을 하는 나의 소심한 반항도 조금 한심하게 느껴졌다.

거의 이틀 동안 잠을 못 잔 아빠를 대신해 할머니 곁에서 밤을 새웠다. 나는 제사를 포함한 모든 유교적 절차에 의문을 가지고 있는 사람이지만, 아빠가 맞다고 느끼는 방식대로 할머니를 보내는 데는 동참하고 싶었다. 다만 거기서 유교적인 질서에 맞춰 여성이라는 이유로 내가 지워지는 것은 싫었다. 아빠가 편하게 생각하는 틀 안에서 내가 내 자리라고 믿는 곳을 지키는 것으로 내 나름의 추모를 하기로 했다. 할머니도 그것을 원하셨을 것이라 믿는다. 장례식장을 내내 지키면서 오랜만에 만나는 친척들이 있었는데, 그럴 때마다 얼버무리지 않고 나는 결혼 계획이 없는 사람임을 밝혔다. 내 눈에 보이지 않는 곳에서 엄마 아빠도 많은 질문을 받았을 거라 생각하는데, 아마 우리 가족들이 언젠가부터 하던 대로 나는 비혼자임을 명확히 했을 것이다.

아빠는 나중에 화장터로 운구를 할 때 운구를 도울 남성 친구가 필요할 수도 있다면서 마땅한 사람이 있겠냐고 물었다. 나는 내가 운동을 하니 내가 하겠다고 했다. 아빠 자식이니까

맨 앞줄에서 하겠다고 했고 아빠는 그러라고 했다. 나에게는 동갑의 남성 사촌이 있는데, 사촌의 친구들이 남은 자리를 메워주겠다고 했다. 우리가 아주 어릴 때는 손녀인 나와 손자인 사촌 사이에 여러 가지 차별이 있었다. 우리가 성장하면서 그것은 옅어졌지만 나는 할머니의 마지막 가는 길에서만큼은 내 자리를 양보하고 싶지 않았다. 아빠, 사촌을 비롯한 모두가 그것을 문제 삼지 않았고, 나는 할머니 운구 행렬을 맨 앞에서 이끌 수 있었던 근력에 고마워하면서 줄을 섰다.

운구를 하겠다고 서 있는 여자를 본 적이 없는 상조 회사 직원은 정말로 직접 운구를 하실 거냐고 물었다. 그렇다고 했더니 그러면 맨 앞 말고 중간에 서라고 했다. 174센티미터인 내 키는 운구를 맡은 다른 남성들보다 작지도 않았고, 그걸 들지 못할 정도로 힘이 없지도 않았다. 힘쓰는 데 문제가 없으니 여기 서겠다고 했다. 실제로 해보니 근력 운동을 하는 사람이라면 성별 관계없이 할 수 있는 일이었다. 상조 회사 직원은 한 번 더 이야기를 해보려다 내 표정을 살피고 다시 자리로 돌아갔다. 화장장에 가면 많은 유가족들의 운구 행렬이 번호 순으로 나란히 줄을 선다. 거의 열 팀이 있었는데, 그중에서 운구를 하는 여자는 나밖에 없었다. 어떤 집단에 여성이 한 명밖에 없는 것을 보면 누군가는 이상한 상황이 연출됐다고 하겠지만, 누군가는 '저번 주에 화장장에 갔었는데 요즘은 여자도 운구를 다

하더라'라고 기억하면서 자신의 상식을 개편해갈지도 모른다. 할머니는 분명히 나를 자랑스러워하셨을 거라고 생각한다. 가장 나다운 옷과 나다운 자세로 할머니에게 마지막 인사를 할 수 있어 좋았다.

장례를 마치고 얼마 후, 나와 부모님은 각자가 생각하는 장례식에 대한 이야기를 나눴다. 아빠는 아빠의 삶을 정리해서 이야기하고 싶다고 했다. 아빠가 아끼는 USB에 있는 음악을 내내 틀어주면 좋겠다고도 했다. 만리재 독서실에 엎드려 자면서 재수를 했던 이야기부터, 엄마에게 첫눈에 반했을 때 신었던 빨간 운동화 이야기를 했다. 엄마는 다른 건 몰라도 내가 소복보다는 양장 원피스를 입었으면 한다고 하셨다. 엄마 방식의 장례식을 이야기하다가 집안 어른들이 그걸 반대하면 어쩌냐고도 물었다.

"엄마, 엄마 가고 나면 집안 어른이 누구야? 나지. 거기에 반대하면 내가 주도하는 장례식에 그 사람들은 들어올 수 없는 거야."
"그런가?"

엄마는 그건 너무 경우가 없는 것 아니겠냐는 표정과 어딘가 든든해하는 표정 중간 어디쯤의 눈으로 나를 바라봤다.

엄마와 아빠는 아빠네 종친회에서 만든 납골묘가 정해져 있는 것으로 안다. 하지만 나는 엄마 아빠를 거기에 모시고 싶지는 않다는 뜻을 밝혔다. 엄마 아빠가 죽고 나면 나는 술에 취한 밤마다 엄마 아빠가 그리울 텐데, 그럴 때 술 한 병 사 가지고 가서 2차는 할 수 있는 권역에 있었으면 한다고. 엄마 아빠는 종친회의 룰대로 납골묘 기금을 내시든 알아서 하시고, 다만 딸이 엄마 아빠를 못 놔줘서 다른 곳으로 모실 수도 있다는 뜻을 알아는 두셨으면 한다고 했다. 그걸 떠올리는 것만으로 슬퍼 죽겠는 딸의 마음을 알았는지, 아빠도 코웃음을 치면서 애매하게 넘겼다. 나는 그 코웃음에 내 멋대로 권위를 실어 부모님도 약간은 동의한 것으로 간주하고, 엄마 아빠와 어떻게든 가까이 있을 방법을 찾고 싶다.

엄마 아빠가 건강히 사시다가 원 없이 세월을 보내고 우리를 떠나가게 된다면, 나는 어떤 말을 하게 될까. 엄마처럼 귓가에 고맙다고 하게 될까? 아빠처럼 미안하다고 하게 될까? 나는 아마 '아무것도 후회하지 마. 나는 엄마가, 아빠가 우리 엄마 아빠여서 참 좋았어.'라고 할 것 같다. 많은 가족이 그렇듯이 우리도 사랑과 상처를 주고받으면서 지낸다. 하지만 우리가 서로를 영원히 떠나는 것을 앞둔다면, 그 과정 중 무엇도 후회하지 말자는 말을 꼭 하고 싶다. 우리는 일상을 영위하는 데 무리가 되지 않는 선에서 좋은 시절을 함께한 사람들이라는 걸 잊지 말자고. 아빠는 어린 시절 나에게 아빠의 꿈은 나의 친구가 되는 거라고 했던 적이 있다. 엄마는 농담처럼 자주 '넌 엄마 안 좋아하지?' 하고 묻는다. 아빠 같은 친구가 있어 좋았다고, 엄마를 늘 좋아한다는 말도 잊지 않고 덧붙여야지. 그리고 가장 가까운 가족인 나와 언니의 의견대로 엄마 아빠다운 장례식을 준비해야지. 딸이라고 뒷줄로 밀리지 않고, 죽음 앞에 서열을 나누지 않는 방식으로.

동시에, 내가 죽는다면 어떻게 될지도 생각한다. 어차피 죽는 입장에서 내 장례가 어찌 되든 중요하지 않겠지만, 나를 사랑했던 사람들이 스스로의 일상으로 복귀할 수 있도록 충분히 슬퍼할 장은 어떡하면 보장받을 수 있을까? 2021년 6월 현재 현행법상 장례 권한은 법적인 가족에게만 있다. 나에게는 소중한 언니와 그 가족이 있으니 무연고 사망이 되거나 하지는 않겠지만, 나의 장례식장에서 사랑하는 언니와 그 가족 다음으로 오는 사람은 누가 되는 걸까. 생전에 내 삶을 지탱해준 사람들이 충분히 슬퍼할 권리는 어디까지 지켜질까.

남겨질 사람에 대한 사랑으로, 우리는 혈족으로 이어진 가족이 아닌 사람들이 충분히 슬퍼할 권리에 대해 이야기해야 한다고 생각한다. 평생을 함께 산 동거인이나, 아직 현행법상 혼인 신고를 할 수 없는 부부들이 거대한 슬픔 앞에 뒷줄로 밀리지 않는 풍경을 함께 만들어내야 한다고. 장례를 이야기할 때 '그래도 남편은 있어야지.'라고 주장하지 말고 '그래도 저 아이의 사람들을 소외시키면 안 되지.'라고 주장해야 한다. 소외에 대한 공포를 기반으로 유사시를 위해 사람을 들이거나 견디는 대신, 자신의 존엄한 선택에 따라 힘껏 산 사람들의 삶에 대한 당연한 예의로.

살면서 내 피부와 가까웠던 사람들이 떠나갈 때 앞줄에 서고 싶다. 그리고 내 사람들도 차별 없이 앞줄에 서주기를 바란다. 그런 날을 현실로 만드는 데에 당신도 함께해 주었으면 좋겠다.

잘 어울리네,

　　　　내 손주!

비혼

라이프

나의 보호자로

나 데리고 살기

\\|/

대전에서 태어난

까만 애

나는 1985년, 대전 변동에서 태어났다. 예정일보다 일찍 세상에 나와 아빠는 내가 태어났을 때 엄마 곁에 없었다. 회식을 하다가 소식을 듣고 취기를 머금은 채 뒤늦게 병원으로 달려왔다고 한다.

언니 이름은 '민아'였다. 처음 엄마 아빠는 내가 아들일 것으로 예상하고 '민재'라고 이름을 지어놓았는데, 낳아보니 딸이었기 때문에 나는 심플하게 '민지'가 되었다. 꼭 작명뿐이었겠는가. 연년생으로 태어난 차녀는 돌잔치도 육아 일기도 혼자만의 옷도 없기 마련이지만 다행히 그 모든 설움을 드립으로 승화할 수 있을 만큼 듬뿍 사랑을 주고받으며 컸다.

좋게 말해 섬세하고 밉게 말하면 예민한 민아와 달리 (억울하면 언니도 책을 쓰시라.) 민지는 언제나 뚱한 아이였다고 한다. 잘 웃지도 않았지만 잘 울지도 않았다. 넘어져도 울지 않고, 엄마가 사라져도 울지를 않아서 아이 둘을 혼자 챙기다 하나를 놓쳤을 때 엄마는 멘붕이 왔다고 했다. 패닉이 된 엄마에게 상가 할머니는 "애들은 엄마를 잃어버리면 우니까 가만히 들어봐요." 했는데, 나는 전혀 울지 않고 모르는 가게에 가서 주인아저씨와 혼자 잘 놀고 있었다고 한다. 신발 가게에서 갖고 싶은 신발이 있으면, 사달라고 떼를 쓰는 대신 조용히 앉아서 내 신발을 벗고 원하는 신발을 주섬주섬 신은 채로 퍼질러 앉아버리던 애였다고 한다. 말은 느린데 키는 커서, 더더욱 큰 애가 말을 못 하는 것 같은 시너지를 일으켰으므로 친척들은 당시 많은 걱정을 했다고 한다. 묘하게 육아 난이도가 높은 아이였다.

그런 아이는 얼마 후, 그간 못 하고 적립한 말을 문 열린 댐처럼 쏟아내기 시작했다. 놀이터에서 동네 꼬마들과 놀다가 시비라도 붙으면, 느릿느릿 이야기하는 또래 아이들을 상대로 너무 따박따박 이야기를 해서 공분을 샀다. 단짝 친구였던 미현이는 내가 그럴 때마다 화가 나서 내 볼따구니를 꼬집었는데, 내 얼굴에 생채기가 난 걸 본 미현이의 어머니는 우리 엄마에게 항상 미안해하며 온갖 맛있는 걸 갖다주셨다. 그럴 때마다 두 배로 속 터지게 몸은 또 약해서, 임신을 했을 때나 지금이나 몸이 허약한 엄마는 어른들의 잘못된 말씀대로 본인 탓인 줄 알고 평생 엄마 스스로를 자책했다. 나는 내가 기억하는 어린 시절 내내 몸이 약했다. 열 살 때 처음 위내시경을 했고, 코피가 자주 나서 주말에는 지방 병원을 돌아다녔다. 빈혈 때문에 들통 한가득 선짓국을 끓이던 엄마의 뒷모습을 보고는 잔말 말고 다 먹어야겠다 했던 기억, 아빠가 아픈 나를 안고 소파에서 이

마를 맞댔던 그 새벽에 눈을 끔뻑일 때마다 보았던 파란 새벽 하늘의 기억이 있다. 몸에 좋다면 뭐든 먹이려는 부모님 때문에 또래라면 안 먹을 온갖 희귀 음식을 다 먹으러 다녔다. 메추리도 먹고, 소의 골도 먹고, 삼에, 한약에 별걸 다 먹었다. 대놓고 육아 난이도가 높은 아이였던 것 같기도 하다.

허약한 몸에 걸맞지 않게 구릿빛 피부를 가지고 있는 나는 어릴 때부터 깜씨, 깜둥이 같은 말을 많이 들었다. 하지만 그보다 더 절망적이었던 것은 어른들이 하는 말이었다. 크면서 하얘진다고 했다. 그러니 걱정 말라고. 그렇게 어른들은 나에게 없던 까만 피부 걱정을 이식해주었다. 피부가 너무 까매서 큰일이라고, 어린 시절 내내 생각하면서 자랐다. 이 경험 덕분에 나는 가족들이 조카에게 '크면서 더 예뻐진다' 혹은 '점점 예뻐지네' 같은 말을 하지 않도록 당부하는 유난쟁이 이모가 되었다. 가족이 나를 보면서 외모 상태를 평가한다는 걸 굳이 인지시킬 필요는 없으니까.

초등학교 고학년 때 학습지를 하게 되었는데, 학습지 제일 뒷장쯤에 고민 상담 편지를 보내면 답장을 해주는 안내문이 있었다. 나는 내 피부가 너무 까만데 어떻게 해야 할지 모르겠다고 편지를 보낸 기억이 난다. 오색 색연필로 꾸며진 따뜻한 답장도 기억이 난다. 요약하자면, '피부를 하얗게 만들 수 없다는 것은 민지 양도 잘 알 거예요. 하지만 이렇게 생각해보면 어떨까요? 매력적이고 건강한 나의 피부!' 지금 생각해보면 손 글씨 답장을 준 것은 정말이지 대단하다. 서른일곱의 직업인으로서 생각해본다면 대단한 노동력 착취라고도 생각된다. 그게 내 기우였길. 적절한 업무량과 충분한 인력 고용으로 그분들도 낭만적인 산타 알바를 즐기셨길 바란다. 어쨌거나 나는 내 피부를 가지고 처음으로 어른과 이야기를 나눈 셈이다. 내가 살면서 가장 먼저 한 심리 상담이었으리라.

안타깝게도, '매력적이고 건강한 나의 피부!'는 또다시 나의 일상을 압박하는 요소였기에 나는 그 선생님의 마음만 '따숩게' 잘 받았다. (정말로 마음은 따숩게 받았다. 나를 위로하고 싶었던 한 바닥의 편지는 정말로 달콤하고 따뜻한 것이었다.) 내가 저 문장에서 위안을 얻지 못하는 이유는, 나는 까만 피부가 가진 사회적 기대에도 부응하지 못하는 사람이었기 때문이다. 나는 운동을 정말로 못했다. 100미터 달리기를 하면, 우리 엄마는 언제나 결승선에서 박수를 치며 나를 기다렸다. 꼴찌로 들어오는 내가 울지 않았으면 했기 때문이다. 달리기도, 힘도, 방향 감각도 없는 나는 까만 피부를 가질 자격도 없었다.

전학을 가면 농구부, 육상부, 배구부를 담당하는 선생님(주로 한 분이었던 것 같다.)이 나에게 와서 운동을 어느 정도 하냐고 물었다. 키가 큰 것은 내 특질인데, 팔다리가 긴 것만 특질이고 피부가 까만 것은 야외 운동을 많이 해서일 것이라고 느낀 모양이었다. 그 과정을 통해서 나는 또 새로운 사실을 수집하게 되었다. 나 정도로 까맣게 되려면 야외 운동을 많이 하는구나. 야외 운동을 안 했다는 걸 감안할 때 나는 정말 비정상적으로 까만가 봐. 체육 시간에 피구를 할 때, 가위바위보에서 이긴 친구가 일등으로 나를 고르고 기뻐하면 너무나 미안했다. 내겐 이제 반 전체를 실망시키는 일만 남았기 때문이다. 나는 까만 피부에 비해 운동을 못하는데. 효용도 없이 까맣기만 한 피부를 가지고 어린 시절을 보냈다.

시대가 변하면서 까매서 예쁜 사람들이 등장했다. 시작은 이본이었고 완성은 이효리였다. 보통의 여성 연예인보다 톤 다운된 메이크업과 스타일링을 살려 매력을 발산하는 그들을 보면서, "까무잡잡해서 예쁜 사람 얼마나 많아. 민지 피부도 참 예뻐."라고 말해주는 사람이 생겼고 나는 까만 피부로 할 수 있는 스타일링을 조금이나마 배우게 되었다. 하지만 앞뒤가 맞는 말은 아니었다. 까무잡잡해서 예쁜 게 아니라 예쁜 사람이 까무잡잡한 것이다. (생각해보니 '까무잡잡' 단어의 조합도 어딘가 밉다.) 이본과 이효리의 사진을 하얗게 보정하는 팬들도 있었는데 그렇게 해도 예쁘기는 매한가지였다.

어쨌거나, 하얗지 않은 예쁜 사람의 표본이 하나둘 나타나기 시작했고 내 피부가 까맣다고 놀리는 것은 쿨하지 못한 것, 유행을 모르는 것, 촌스러운 것이 되어 조금씩 일상이 편해지고 있었다. 가끔은 "아, 나 피부 까만 여자 너무 좋아해." 하는 사람들도 있었다. 그들 중 일부는 "나 피부 하얀 여자 좋아해."를 말하는 것이 굉장히 몰상식한 것이라고 느끼는 사람들이었다. 까만 여자를 좋아하는 것이 자신의 PC함을 드러내는 것으로 사용되는 것이었다. '나 살집 많은 여자 좋아해', '나는 드세보이는 여자 좋아해', '나는 까만 여자 좋아해.'… 합격 목걸이 주셔서 감사하다고 해야 하나. 내 피부는 내 것인데, 그것에 대한 코멘트를 하는 것으로 보너스 포인트를 가져가는 사람이 따로 있다는 것이 재미있었다.

어른이 되고, 메이크업을 시작하면서 나는 나의 '까맘'을 좀 더 객관적으로 수치화할 수 있었다. 아니, 수치화하고 싶었는데 그것에는 실패했지만 어쨌거나 나름의 측량은 할 수 있었다. 13호, 21호, 23호 세 가지가 주로 나오는 한국 화장품 시장에서 나에게 맞는 톤은 아예 없었다. 대충 23호를 사서 발랐다. 그때 점원이 내 피부에 맞는다며 추천해준 대로 발랐을 뿐인데, 하얘지고 싶어서 가부끼 화장을 한 꼴이 된 경험을 몇 번 하게 되었다. 그게 어딘가 불편하고 수치스러웠던 나는, 백화점 1층의 글로벌 브랜드 화장품 가게에 가서 테스트를 하고 파운데

이션을 샀다. 23호가 내게 안 맞는 것이었다는 걸 알게 되었다. 그제야 내게 맞는 제품을 찾은 기쁨과 한국 시장에 내 제품은 없다는 사실 인식과 더불어 거기서 오는 명료한 소외감이 겹쳤다. 거기서도 점원은 내 피부를 한 톤 올리는 컬러 두 가지를 추천해주었다. 그냥 내 피부 톤과 같은 색을 달라고 하면 조금 당황하는 기색을 보였다. 더 밝지도 더 어둡지도 않고, 얼굴의 톤을 균일하게 만드는 파운데이션을 추천해달라고 해도 한 톤 정도는 밝힐 수 있는 것을 제안했다. "목, 손이랑 비슷해 보일 톤으로 주세요. 저는 그걸 중요하게 생각해요." 하고 나서야 마음을 놓고 색을 맞춰주었다. 점원은 그냥 일을 잘한 것이다. 그동안 지켜본 구매자의 패턴대로 최선을 추천한 것일 테니. 다만 나는 그런 사람이 아님을 밝혔는데도 한 번에 내 요청을 들어주지 않은 것은 조금 서운했다.

메이크업 제품이 아닌 로션을 고를 때는, 아주 높은 확률로 미백 화장품을 추천받는다. 나는 '속 당김'이 없는 제품을 부탁했는데, 미백 코너로 데려가서 그 화장품 중에서 '속 당김' 없는 것을 추천하곤 한다. 나는 미백을 할 생각이 없으며, 미백 화장품의 기능성 자체에도 회의적인 사람이지만 그런 것은 내 피부에 가려진다. 내가 다른 제품을 테스트하며 미백과 무관한 것들을 보고 있어도 상황은 크게 다르지 않다. 나의 동선과 나의 요청보다 충분히 희지 않은 내 피부가 언제나 더 강력한 메시지를 전달하고 사람들은 그걸 나에게 알려주는 데 망설임이 없다.

예전에 노란 카디건을 길에서 발견하고, 마음에 들어 사서 입고 출근을 한 적이 있다. 누군가 나에게 "민지 그 카디건 입으니까 더 까매 보이네."라고 했다. 애초에 그 카디건을 살 때 예상했던 일이었다. 파스텔 톤, 원색 톤, 형광 톤… 그 어떤 것을 입든지 더 까매 보인다는 말을 들었기 때문이다. 검정, 흰색, 회색이 아닌 이상 어떤 색을 입든지 간에 한 번은 그런 말을 들어본 경험이 있다. 사실은 그 색이 문제가 아니라, 각자가 자기 안에 그려둔 이상적인 톤 매치가 너무 공고해서 그 바깥의 것을 이질적으로 느끼는 거라는 건 생각하지 않는다. 퍼스널 컬러니 뭐니 하면서, 얼굴을 밝혀주는 옷차림이 정형화된 세상에서는 더더욱 그렇다. 누군가 퍼스널 컬러 진단을 받아보니 재미있었다며 나에게도 해볼 것을 권유했는데, 나는 사실 그럴 필요가 없다. 평생을 진단받았기 때문이다. '그거 입으면 까매 보여. 그거 입으니까 얼굴이 칙칙해 보여.' 심지어는 노란 카디건을 보자마자 이미 이걸 입은 나에게 누군가가 더 까매 보인다고 말할 것임을 알고 있었다. 알 게 뭐야.

아니나 다를까. 그렇게 입고 갔더니 역시 그런 말을 들었다. 뭐라고 대답할까 머리를 굴리던 중, 옆에 있던 다른 사람이 그 말에 크게 웃기 시작했다. 먼저 대답할 타이밍을 놓친 나는 대상을 틀어, "아, 웃긴 얘기인 거예요?" 하고 물었다. 내 얼굴이 더 까매 보인다고 한 사람과 그 말에 웃은 사람을 포함한 좌중이 조용해졌다. 까만 사람에게 까맣다는 걸 지적하고 그 상황을 조소할 줄만 알았지, '노랑을 입으니 더 까매 보인다'는 말에 상대가 놀림을 받았다고 느끼는 상황에 대해서는 대비가 안 된 것 같았다. "내 피부가 강조되는 색이라서 산 건데." 했더니, 피부 평을 했던 이가 "그렇지! 내 말이 그 말이야." 하고 껄껄 웃었다. 기가 막히게 잘 빠져나가네. "그렇죠?" 하고 내가 대답하는 바람에 웃은 사람만 가해자로 남았다. 내 피부가 강조되는 옷을 내 돈 주고 사 입었다는 것밖엔 말한 게 없는데 내가 여러 사람을 불편하게 한 구도가 되었다. 내 피부를 놀림감에서 구한 것이 이렇게 피곤할 일이라니. 표준의 외모를 갖지 않은 사람은 자기 외모를 유희거리로 헌납하지 않으면 이런 상황을 맞는다.

그러고 나니, 사람들은 다시 내 외모를 올려치느라 부산스러워진다. "그럼~ 까무잡잡한 게 예쁘지. 외국에서는 일부러 부자같이 보이려고 선탠을 한다잖아. 휴양지 많이 다니고 그랬다는 뜻이니까. 안 해도 되니까 얼마나 예뻐." 알지요. 석 달 내내 인턴으로 일하느라 집 – 지하철 – 사무실만 왕복해도 "좋은 데 다녀오셨나 봐~" 하는 소리를 주구장창 들으니까요. 그런데, 그냥 제 피부 얘기를 안 하면 안 되는 건가요? 자꾸 실수하고 실패하잖아요. 그 실패의 원인이 내 피부에 대한 적절한 코멘트를 못 해서가 아니라, 애초에 뭐든 코멘트를 하기 때문이란 건 왜 모르는 거냐고요. 고백을 안 하면 차일 일도 없고, 결혼을 안 하면 이혼할 일도 없는데. 고백을 하고 결혼을 하는 것은 그걸 걸어볼 만큼 내 인생에 중요한 것이 생겨서 아니던가요? 내 외모에 대해 뭐라도 말해야 한다는 그 강박은 어디에서 오는 거냐는 말이죠. 나의 까맘이 왜 그렇게 당신에게 중대하냐고요. 이게 사랑이 아니면 뭐가 사랑이야.

끽해야 열댓 명 남짓 만난 사람들 중에서 가장 까만 사람 하나를 찾아 그 위대하고 유니크한 경험을 어떻게든 입 밖에 내고 싶은 간절한 마음은 얼추 알겠다. 하지만 그걸 입 밖에 내는 것은 스스로가 가진 권력의 행사라는 것도 알아야 한다. 우리는 사회가 그런 권력이 없다고 믿는 집단의 사람이 그걸 행사했을 때 얼마나 큰 위험에 처하는지 미디어를 통해 목격한다. 여성의 몸에 대한 품평이 자주 이루어지고, 몇 킬로그램 이상은 여자가 아니라고 말한다든가, 과체중의 여성을 연애 대상이 아닌 것으로 묘사하는 것은 예능에서 자주 일어나는 일이다. 그러나 십수 년 전, 모 프로그램에서 여성이 신장 180센티미터 이하의 남성을 폄하하는 단어를 쓴 것이 지금까지도 밈으로 회자된다는 게 어떤 거대한 불평등을 말해주는 사건인지는 생각하지 않는다. 나의 까만 피부에 대해 코멘트할 수 있다는 것이, 그리고 할 수 있다고 마음껏 평가한 것이 자신의 저울을 보여준다는 것은 생각하지 않는다. 하지만 그 코멘트의 대상이 되는 일상을 평생 겪은 사람은 그 저울을 귀신같이 알아본다.

나를 존중하고, 내 권리와 존엄을 이해하는 사람을 찾는 가장 빠른 방법은 내 외모에 대해 코멘트를 하지 않는 사람을 기억하는 것이다. 현재까지는 아주 효과적이다. 서른일곱인 내가 수집한 가장 좋은 컬렉션은 그렇게 걸러져 내 곁에 있어주는 사람들이다. 55킬로그램까지 갔던 몸무게가 75킬로그램이 되었으며 앞으로도 늘어날 수도 줄어들 수도 있고, 점점 화장하지 않는 날이 늘어나고, 내 결점을 커버하는 옷 위주의 쇼핑을 그만두고도 늘어난 자유가 행복감과 비례하는 기쁨을 누리게 된 것은 그런 사람들 덕분이다. 나는 내 외모를 칭찬하는 사람보다 내 외모를 그러려니 하는 사람이 훨씬 절실하고, 서로를 이루는 요소들을 함께 그러려니 해주며 여러 가지 방법으로 사랑을 표현하길 좋아한다. 함께일 때 더 자연스러워질 수 있으며 그 자연스러운 상태 안에서 사랑을 드러내는 것을 두려워하지 않게 되는 사람에게 나는 깊이 이입하고 큰 영향을 받는다.

나의 까만 피부와 어울릴 줄 아는 '그러려니스트'들에게 사

(들여다보는 중)

(반하는 중)

랑을 보낸다. 반대로 아직 그러려니 하지 못하고 경솔한 말을 하고 있을, 아직 남아 있는 내 경솔한 숨들을 떠올리며 두려운 마음으로 이야기를 마무리한다. 나의 까만 피부로 어떻게든 대화를 시작하고 싶어 했던 당신에 대한 미움을 표현하고자 이 글을 쓴 것은 아니다. 오히려 까만 여자인 내가 평생에 걸쳐 길러온 촉으로 인해 나를 향한 당신의 다른 사랑들을 지워버리고, 당신이 꺼낸 내 피부 이야기만을 가지고 당신과의 거리를 결정해버릴까 봐 털어놓는 이야기이다.

수억 가지 살색 중 하나에 불과한 내 피부 톤 이야기를 하지 않는다면, 우리는 서로에 대해 더 많은 것을 알 수 있을 것이다. 몸무게, 키, 피부색, 옷차림 같은 것에 대한 이야기를 생략할 줄 안다면 우리는 제한된 시간을 잘 써서 피부 밑의 내밀한 이야기를 할 수 있을 것이다. 내 몸은 까만 피부 밑에서 그런 낭만을 가지고 산다.

\\|/

우리는
서로의 몸을 관찰하며 컸다

'운동을 해야지!' 하는 생각은 평생 동안 했다. 언제 처음 그런 생각을 했는지 기억이 안 날 정도로. 고등학교 때 운동을 하겠다며 친구와 야간 자율 학습 전에 운동장을 함께 걸었던 기억도 있고, 대학교 때 학교 근처 피트니스 센터를 기웃거렸던 기억도 있고, 회사 다닐 때 잠시 회사 주변에 있는 피트니스 센터를 등록해 다녔던 기억도 있다. 그러다 프리랜서 작가가 되었고, 불규칙한 루틴 속에 어떻게 하면 운동을 넣고 살 것인가를 진지하게 고민하게 되었다. 그러던 중 한 온라인 커뮤니티 소모임 게시판에서 운동 인증 모임을 발견했고, 여덟 명 정원으로 모임을 시작했다. 그게 구 년 전의 일이다.

운동 인증의 방법은 간단했다. 이번 주 당번이 제시어를 낸다. '감자'가 이번 주의 제시어라면, 각자 오늘의 운동 인증샷에 '감자' 글자를 어떻게든 찍어서 인증을 한다. 손등에 적어서 피트니스 센터를 배경으로 찍는 사람도 있었고, 메모지에 써서 홈트레이닝 영상이 나오는 화면을 함께 찍어 보내는 사람도 있었다. 그 주에 가장 적게 운동한 사람이 가장 많이 운동한 사람에게 천 원 안팎의 기프티콘을 보내는 방식이었다. 당번은 매주 바뀌었다.

처음에 우리 모두의 목표는 다이어트였다. 날씬한 몸을 갖는 것이 목표였다. 서로 몸무게 인증도 하고, 먹는 음식 이야기도 했다. 그러다 점점 이야기는 넓어졌다. 더 건강하게 운동하는 법, 때 되면 산부인과에 가서 검진을 받는 것, 필요한 영양제…. 그러면서 서로의 삶의 패턴을 조금씩 알게 되었다.

매일매일 힘겹게 운동해 날씬해지는 것만을 목표로 삼으면서 아등바등하는 서로의 모습을 지켜보던 우리는, 어쩌면 비슷한 경험을 하게 되었다. 바쁜 와중에 주 3회 이상 운동을 한다는 것은 정말 힘든 일인데, 우리가 성실하게 사는 것에 비해 소위 '미용 체중'에 다가가는 것은 너무 어렵다는 점이었다. 어렵다기보다는 좀 부당하게 느껴졌다. 이만큼 성실하게 운동하는 여자들이 여전히 사회가 기준점으로 삼는 몸이 되지 않는다니. '자기 관리'의 신화는 운동을 위해 모인 이 방에서 건강한 방법으로 깨졌다.

처음에 몸을 날씬하게 만드는 일에 골몰했던 우리는, 서로를 독려하고 감시하며 운동하는 과정에서 몸에 대한 진실을 마주하기 시작했다. 구 년째 이 방에 있는 나는, 이 단톡방 운동 모임 활동을 하면서 55킬로그램부터 78킬로그램까지의 몸무게 변동을 겪었다. 실내 사이클, 필라테스, 요가, 폴댄스, 크로스 핏… 해본 운동도 갖가지였다. 그리고 다른 일곱 명이 유목민처럼 여러 운동을 하는 모습을 지켜보았다.

운동 인증을 한다는 것은 서로의 매일을 알게 되는 일이었다. 회사원이었던 휘영은 인턴을 네팔에서 하게 되었고, 언젠가부터 히말라야를 배경으로 네팔에서 요가를 하는 인증 사진이 올라오기 시작했다. 휘영은 후에 이 경험을 바탕으로 회사를 다니면서 요가 자격증을 땄고, 나는 휘영이의 원데이 클래스 제자가 되기도 했다. 정은 언니는 우리 중 운동을 다양하게 많이 해본 사람이다. 승마, 테니스, 크로스핏까지 했다. 의사여서 그런지 몸에 대해 꾸준히 공부하면서 그날 공부한 것 중 우리에게 도움이 될 만한 게 있으면 언제나 공유해주었다. 나는 한번 정은 언니가 크로스핏을 한다는 게 멋져 보여서 근력도 없이 체험 수업에 갔는데, 과도한 버피를 하다가 갈비뼈 사이 근육을 다쳐 한동안 엎드려서 텔레비전을 보지 못했다. 우리는 각자의 몸이 다르고, 정답인 운동이란 없다는 것을 배웠다.

유일한 동갑인 영은은 테니스를 한다. 테니스의 매력에 빠진 영은은 한동안 치킨집에서도 테니스 이야기를 했다. 체력만큼 정신력도 강인한지 홈트를 하는 예슬의 베란다에는 케틀벨이 가득하다. 은경 언니는 나보다 먼저 폴댄스를 했다. 나중에는 맞지 않아 갈아탔지만, 덕분에 나는 폴팬츠 하나를 얻었다. 민영 언니는 발레를 배운다. 어린이와 노인이 한 반에 있는 클래스에서 젊은이 겸 나이 든 이를 동시에 맡고 있다. 정연 언니는 이 방을 만든 사람으로, 어머니가 언제나 집에서 사이클을 타면서 건강을 유지하는 것을 보고 현재도 꾸준히 사이클을 타고 있다. 내가 구 년째 공복 사이클을 타고 있는 것은 정연 언니의 추천 덕분이다.

이 방을 함께하는 언니, 친구, 동생들의 연령은 다양해서 79년생부터 91년생까지 있다. 내가 이십 대 꼬꼬마 작가였을 때 만난 그들은 삼십 대 후반을 향해 달려가는 내 삶을 자세히 알고 있다. 그사이 우리 멤버들의 삶도 변화를 겪었다. 민영 언니는 남편과 함께 프랑스로 잠시 이주했다가 귀여운 아들과 함께 컴백했고, 애인과의 연애 상담을 가끔 하던 정연 언니는 그 애인과 결혼해 딸을 낳았다. 정은 언니가 기다리던 아이를 출산한 기쁨과 반려견 밀크가 무지개다리를 건너면서 느끼는 슬픔을 함께했고, 영은이 고민하던 직장 생활의 이야기를 하며 밤을 지샌 날도 있었다. 요가 마니아 대학생이었던 휘영이 겸업으로 요가 강사가 되기까지의 여정과 결혼을 두고 하는 진지한 고민, 예슬이 출산 전후에 휴직과 복직을 해야 했을 때 처했던 여러 가지 상황들을 우린 모두 함께 지켜봤다. 나의 커리어,

연애, 취미 생활도 지켜봐주었다. 운동을 전혀 못하던 시절, 비교적 가벼운 유산소 운동만 해도 힘들어서 허덕이던 날을 지나 폴댄스를 시작했을 때 얼마나 보람찬 동시에 힘들었는지, 그 시간들을 책 『난 슬플 땐 봉춤을 춰』에 담고 펴내는 과정도 함께 했다.

그뿐인가. 내 책 표지, 영은의 웨딩 사진, 휘영의 요가 프로필, 민영 언니가 오늘 마실 차와 정연 언니의 가전을 골라주기도 했다. 은경 언니를 만나러 카풀을 해서 멀리 드라이브를 가기도 하고, 예슬이의 새 집에서 집들이도 하고, 다함께 갔던 부산 여행에선 언니들이 추천한 빵집을 돌며 먹부림을 하고 밤에는 함께 와인을 먹다가 휘영의 리드로 만취 요가를 하기도 했다. 프랑스에 있던 민영 언니의 아바타처럼 언니가 먹고 싶어하던 맛집을 다녀오기도 하고, 언니가 다녀온 미술관 풍경을 보면서 하루를 견딘 날도 있었다.

우린 처음에 익명이었다가, 닉네임이었다가, 신원을 서로 아는 사람이었다가, 지금은 가끔 만나 서로와 서로의 아이를 안아주는 사이가 되었다. 때로는 함께 사는 반려인보다 서로의 고민을 잘 알고 있고, 심지어 나보다도 내가 고민하는 패턴을 더 잘 아는 사람이기도 했다. 다이어트에 골몰했던 어린 시절을 지나서, 우리는 이제 관절과 정신 건강을 지키는 근력에 대한 이야기를 한다. 50킬로그램대를 목표로 했고 잠시 그걸 이루었던 나는, 이제 내게 가장 편한 몸무게는 70킬로그램 내외라는 사실도 알게 되었다. 선천적으로 꺾인 팔이라 팔꿈치 부상을 조심해야 한다는 것도, 근력이 남보다 잘 붙지 않는 건 유연함 때문이니 그것 역시 받아들여야 한다는 것도. 반대로 이십 대에서 사십 대를 살아가는 여성의 몸이 어떤지, 한 여성이 십 년의 세월 관통할 때 몸은 어떤 변화를 겪는지도 알게 되었다.

출산 전후에 여성의 몸이 겪는 일과 번아웃, 우울증, 강박 같은 정신적 변화도 지켜보게 되었다. 수면, 자세, 순환 등에 대해서도 이야기했다. 다이어트라는 이름으로 자기 관리가 능쳐지기에 얼마나 몸이 복잡하고 소중한가를 나와 다른 일곱 명의 삶과 나 스스로의 몸을 통해 배웠다. 뿐만 아니라 결혼을 결정할 때 얼마나 많은 변수를 고민해야 하는지, 비혼으로 산다는 것이 실제로 어떤 삶을 의미하는지도 더 넓게 이해하게 되었다.

그러는 사이 우리는 서로가 삶에서 내린 결정 그 자체보다 그 배경을 더 부릅뜨고 볼 줄 알게 되었다. 삶이 얼마나 고유하고 변화무쌍하며 우리 모두가 스스로의 삶을 두고 얼마나 많은 고민을 하는지도 이해하게 되었다. 구 년 전에 비해 오늘의 우리는 차이점이 훨씬 많은 사람이 되었지만, 덕분에 서로와 스스로를 더 존중하게 되었다. 나와 다른 7인의 삶이 점점 큰 면적을 드러내며 나에게 왔고, 내 커져가는 면적도 받아주었다. 우리는 서로의 삶을 믿음을 가지고 지켜보다가 누군가가 요청할 때에 한해 적절히 조언하는 방법을 배웠다. 그 조언의 내용이 무엇이든 진심을 다해 들어주고, 어떤 것을 채택하든 든든히 응원해줄 줄도 알게 되었다. 나는 서로 다른 길을 가는 일곱 명의 여성들을 보면서 나 스스로를 긍정하고 성장하게 되었다.

물론 언제나 좋은 순간만 있지는 않았다. 가끔은 사회 문제를 두고 첨예하게 이야기를 나누기도 했고, 각자의 일상이 바쁘거나 이 친밀한 공간이 피로하게 느껴질 땐 단톡방을 잠시 나가 있거나 알림을 끄고 몇 달을 지내기도 했다. 그러나 지금까지 인연이 이어질 수 있었던 것은, 우리가 가진 적당한 거리의 힘 덕이라고 느낀다. 떨어져 있어도 불안하지 않으면서도, 때로는 반찬을 바리바리 싸 들고 와서 냉장고를 채워도 불편하지 않은 관계는 어쩌면 우리의 시작이 목적을 두고 만난 온라인 소모임이었기 때문인지도 모른다. 각자의 삶에 확실한 지분을 갖고 있지만 그것을 휘두르지 않는 사람들과 평범하고 변화무쌍한 구 년을 함께할 수 있다는 것은 내 삶에 온 잔잔한 축복이다.

얼마 전, 비혼과 결혼 사이에서 고민 중인 휘영 덕분에 관계에 대해 이야기할 수 있는 기회가 열렸다. 우리는 서로 각기 다른 의견을 내놓았지만, 찬반이라기보다는 휘영다운 결혼과 휘영다운 비혼에 대해서 펼쳐놓고 이야기하는 장이 되었다. 그리고 결혼과 비혼 사이의 옵션에 대해서도 이야기하면서 휘영이 휘영답게 사는 데 도움이 되기를 빌었다. 어떤 선택을 하고 그 선택이 휘영이를 어디로 데려가든 우리는 언제나 여기 있다는 것을 기억해주길 바라면서.

삶에서 나를 성장시킨 경험은 비판이 아니라 받아들여짐에서 왔다. 받아들이기로 합의한 서로만이 서로가 던지는 말의 뒤편을 믿고 앞으로 갈 수 있다. 나는 앞으로도 그런 사람들과 함께하고 싶다. 삶의 형태와 결정이 달라도 서로를 받아들이려는 노력엔 의심이 들지 않는 사람, 나에게 유효한 메시지를 전달할 줄 알고 그 중심에 언제나 나를 놓아주는 사람. 근 십 년간 나를 견뎌주고 내 삶의 한 편을 진득이 차지해준 일곱 명의 친구들에게 지면을 빌려 사랑을 보낸다.

사랑한다는 것은 서로가 모르는 사이 서로를 가장 상처 줄 수 있는 사람이 되어간다는 걸 의미하기도 하지만, 그래도 우린 사랑이 멋대로 만들어내는 위태로운 권력보다는 서로의 실수와 부침 속에서도 단단한 별장이 되어주는 것으로 이 마음을 이어가자고도 부탁하고 싶다.

정은 언니, 은경 언니, 민영 언니, 정연 언니, 영은, 예슬, 휘
영 모두 앞으로도 함께 살아요!

\\|/

나 데리고 살기
매뉴얼

아침에 눈을 떴는데 약간의 우울감이 있었다. 머릿속에서 공항 수하물 벨트가 돌듯이 부정적인 생각이 꼬리를 물었다. 하나가 사라지면 새 수하물처럼 다른 부정적인 생각이 빼꼼 머리를 내밀면서 수평으로 실려왔다. 이런 기분이 이어질 때는 다정한 목소리가 필요하니까, 얼른 〈김이나의 별이 빛나는 밤에〉* 다시듣기를 튼다. 그리고 샤워를 하러 간다. 샤워 중에도 계속해서 부정적인 생각이 꼬리를 물었다. 거품이 머리 전체에 퍼지도록 손가락을 오그리고 두피를 박박 마사지하면서 소리를 내어 말한다.

"그만, 민지야. 그만."

안전 관리 직원이 비상 정지 버튼을 누른 것처럼 생각은 거기서 잠시 멈춘다. 들리는 소리에 집중하려고 노력하면서 샤워를 끝낸다. 가운을 입고 나와서 빨리 찬물 두 컵을 연거푸 마신

* MBC 라디오 표준FM, 매일 저녁 10시~12시.

다. 오늘 아침에 있었던 무기력과 우울감을 기억하면서 이번 주 상담 때 이야기를 나눠봐야겠다 생각한다. 만점을 10점으로 하면 '5' 정도는 되는 것 같다. 일어난 직후에는 '8' 정도였지. '3' 정도가 줄었으니까 20분 사이에 많이 좋아졌다. 오늘은 술을 마시지 않아야겠어.

1인 가구 비혼자 겸 프리랜서로 산다는 것은 나를 데리고 살면서 나를 고용해 부리고 산다는 뜻이기도 하다. 나라는 사람에 대한 여러 가지 대응 매뉴얼을 갖추고 살아야 한다. 나이가 든다고 해서 모든 것에 평온해지지는 않지만, 나에 대한 데이터가 점점 많아지면서 나를 핸들링할 줄 알게 된다는 점에서 많은 불안이 잦아든다. 나를 덜 불안하게 해주는 데이터 중 하나가 내가 가진 불안 증세에 대한 자각이라는 점은 아이러니하다.

나는 이 주에 한 번씩 상담을 받는다. 상담을 받다, 그만두다를 반복하다가 현재는 극적인 일이 벌어지지 않더라도 주기적으로 전문가와 대화를 할 수 있다는 안정감이 좋아서 정착했다. 불안이나 우울이 심해지면 정신과 치료와 병행하기도 하는데, 나에게 맞는 정신과와 상담 선생님을 찾은 점이 최근 삼년 사이에 있었던 기쁜 일 중 하나다. 맞는 선생님을 찾고 라포(Rapport, 상담이나 교육을 전제로 한 의사소통에서 상대방과 형성되는 친밀감 또는 신뢰 관계)를 쌓느라 시간이 걸렸다.

오래 상담을 받으면서, 나는 이제 집에 있는 작은 공구 세트처럼 나에게 어떤 감정이 들이닥칠 때 해볼 만한 몇 가지 응급 처치 매뉴얼을 갖게 되었다. 내가 느끼는 감정이 정확히 무엇인지 깊이 관찰하거나, 혹은 내 정수리 위에서 나를 내려다보면서 지금 나의 상태를 바라보거나, 이 감정에서 나를 꺼낼 수 있는 작은 팁들 몇 가지를 시도해보거나 하는 식으로. 그 모든 응급 처치 매뉴얼이 실패한다면 달려갈 전문가가 있다는 사실을 비빌 언덕으로 두고서 말이다.

몸에 대해서도, 여러 시행착오를 거쳐서 지금은 내가 편한 식사량과 몸무게를 찾게 되었다. 너무 몸무게를 많이 감량하면 기력이 없고, 살이 너무 붙기 시작하면 오른쪽 무릎에 무리가 오는 동시에 소화가 잘 안 된다. 일주일에 4회 정도 근력 운동을 하면 생활 먼지처럼 내려앉은 하루분의 스트레스는 날릴 수 있다. 베개는 목 컨디션에 따라서 두 가지를 쓰는데, 십만 원대 템퍼 베개와 만 원대의 편백나무칩 베개를 번갈아 쓴다. 일을 미루면 우울이 심해지기 때문에 정도껏 해야 하고, 최소 삼일 전에 내가 삼 일 뒤에 몇 시까지 뭘 해놓아야 하는지 정해두면 불안을 감소시키는 데 도움이 된다. 잠이 잘 안 올 때는 유료 결제를 해둔 명상 어플의 수면 모드를 틀어두면 15분 내로 잠들 수 있다. 술을 많이 마셨을 때는 먹기 싫어도 물 두 컵을 꼭 먹고 자면 다음 날이 한결 낫다.

나에 대해서 하나씩 알아가고 알아낸 것을 활용해 다음에 내가 나에게 실수하거나 나를 방치하지 않도록 일일이 챙기는 일은, 타인과 하는 사랑과 닮아 있다.

- 싫어하는 일을 하지 않기
- 너무 무리할 때 알람을 울려주기
- 필요한 때 적절한 도움을 받을 수 있는 곳에 데려가기
- 제삼자의 평가가 어찌 되었든 수고한 것을 알아주고 칭찬하기
- 아무리 바빠도 밥 챙겨 먹이기

나를 사랑하는 일은 열심히 시간과 공을 들여 나를 세세하게 알아가는 일이다. 상처받기 쉬운 나에게 상처받지 말라고 윽박지르는 대신 상처를 줄 거리들을 열심히 가지치고 안전한 길을 끊임없이 터주면서. 그런 일상을 지내다 사랑하는 사람이 생기고 그 사람과 연애를 하기로 합의하게 되면 그 세세한 정보들을 상대방이 놀라지 않을 속도와 양으로 조금씩 알려준다. 나에게 좋은 사람이 되었으면 하는 마음, 좋은 사람이 되어가는 길 위에서 너무 헤매지 않았으면 하는 마음으로. 그러면서 자연스럽게 알게 된다. 누구보다 나를 가장 사랑하는 사람은 나일 수밖에 없고, 그걸 잊어선 안 된다는 것을.

조금 전에 영양제 먹으라는 어플 알람이 울렸다. 미리 소분해둔 영양제를 삼키고, 엄마가 코로나 시국에 결혼식에 갔다가 식사 대신 답례품으로 받았다며 전해준 홍삼스틱을 쪽쪽 빨면서 쓴다. 오늘은 글을 썼으니 보상으로 넷플릭스 에피소드 두 개를 보고, 상담 선생님과 약속한 이번 주 미션대로 2시 전 취침에 도전하는 날이다. 저번 주 상담 시간에 행복하게 잠드는 법에 대한 이야기를 나눴는데, 선생님은 좋아하는 연예인과 데이트하는 망상을 하다 보면 기분 좋게 잠들 수 있다는 팁을 나눠주었다. 어디 가서 뭘 먹고 어떤 이야기를 나눌지, 드라마 작가처럼 하나하나 떠올리다 보면 다음 날이 되어 있고, 어디까지 진행되었는지 가물가물하다면 금방 잠든 것이라고. 귀엽고 재미있는 방법 같아서 오늘 한번 해보려고 한다. 잠들려고 노력해야 하는 순간을 항상 가장 두려워하고 회피하느라 언제나 피곤에 절어 쓰러지듯 잠들었는데 갑자기 기다려진다. 이것도 선생님의 큰 그림이려나 싶어서 다시금 나를 잘 이해하는 상담 선생님에게 고마움을 느낀다. 같은 이유로, 오랜 시간과 돈이 들었지만 포기하지 않고 나에게 맞는 상담 선생님을 찾아준 나에게도 참 고맙다.

\\|/

좋아해서

그었어요

· 지키지 못할 약속을 하지 않는 것

· 영원할지 모른다면 영원히 사랑한다고 하지 않는 것

　삶에 큰 철학이나 원칙을 세워두고 있지 않지만, 몇 안 되게 가지고 있는 원칙 중 하나는 구획을 나누는 것이다. 삶에서 가져야 할 책임감 중 내가 가장 중요하게 느끼는 것은, 내 밥 양을 아는 것이라 믿기 때문이다. 하필 음식이 아닌 밥인 이유는, 셰어하는 반찬이나 공동 요리가 아닌 내가 책임지고 클리어해야 할 내 밥의 양이어야 하기 때문이다.

　프리랜서로 살면서, 우연찮게 자연스러운 n잡러가 되었다. 방송 작가를 하면서 방송 작가만 하는 사람도 있지만, 나의 경우에는 기고와 강연, 토크 등을 겸하고 있다. 방송 작가를 하면서 광고 일을 하기도 하고, 가지고 있는 독립 출판 레이블의 살림을 살피기도 한다. 팟캐스트의 제작과 편집, 녹음을 직접 하고 있기도 하다. 처음부터 그러려고 한 것은 아니었다. 방송 작가 생활을 하다가 출간 제의가 와서 책을 내게 되었고, 책과 관련된 강연 일이 추가되었다. 다른 책을 쓰고 있을 때 프로그램

일정 때문에 자꾸 탈고가 늦어져서 프로그램 시즌이 끝난 후 일부러 다른 일정을 잡지 않았는데, 그랬더니 그 사정을 알고 있는 제작사에서 연락이 와서 사이드 잡으로 할 수 있는 정도의 일을 주었다.

그 후 책을 털고 나니, 딱 그만큼의 빈자리를 알고 있는 곳에서 감사하게도 연락을 주어 결국 두 개의 일을 하는 사람이 되었다. 그런데 책과 관련된 행사가 잡히면서, 나는 점점 그렇게 피자처럼 일을 하게 되었다. 어떤 때는 남들이 하루 종일 해야 하는 일을 하기도 하지만, 내가 그걸 조금 무리해서 반나절에 끝낼 수 있다면 그때그때 들어오는 다른 일들을 겸하기도 한다. 이렇게 프리랜서로 살아가면서 업무상 몸에 익힌 습관들이 현재 나의 일상을 지탱하는 루틴이 되었다.

콘텐츠를 만드는 사람으로서, 나는 나의 감정을 판다. 현재 내가 마음을 가다듬고 이 원고를 쓰는 것도 내가 감정을 파는 일이라고 할 수 있지만, 내가 하나도 즐겁지 않은데 남을 웃기거나 울리는 글을 써내는 것도 내 감정을 파는 일이다. 하루에 내가 즐거운 생각을 할 양이 정해져 있다면, 나는 그것을 적절히 안배해 내 월세를 내야 한다. 애인에게 차이고 나서도 내 모든 사랑의 경험을 쏟아내어 데이트 어플 광고 제안서의 망상 대본을 써야 할 때가 있었고, 가족에게 상처 되는 말을 들은 날 저녁, 가족에 대한 사랑을 담은 에세이 원고를 써야 하는 날도 있었다. 하루 종일 즐거운 생각을 다 쓸어 모아 회의실에서 발산하고는, 정작 내 곁에 누운 애인을 웃게 해줄 방법이 없어 감정적 방전 상태로 곁을 지킨 후회스러운 날도 있었다. 나에게 무슨 일이 일어나도, 내가 뽑아내야 할 감정적 창작물의 양은 정해져 있었다. 그 매일의 마감을 지켜내면서 이 일을 때려치울 정도의 환멸은 느끼지 않도록 스스로를 달래는 일이 나에게는 공장을 제대로 돌아가게 하는 데 가장 중요한 유지 보수 작업이었던 셈이다.

그러다 보니 자연스레, '나는 어디까지 견딜 수 있나?'를 매일 측정하는 것이 버릇처럼 되었다. 셰어하는 음식이라면 얼마든지 남에게 나중에 미룰 수 있지만, 내 밥그릇에 주어진 밥이 있다면 이걸 덜어달라고 해야 할지, 아니면 먹을 수 있을지를 숟가락 들기 전에 결정해야만 불필요한 버림이나 타인에 대한 결례를 피할 수 있으니까. 누군가가 호의로 고봉밥을 쌓아줄 때, 클리어할 자신이 없다면 그걸 다 먹지 못한다고 선을 긋는 게 덕지덕지 묻힌 내 밥을 남기는 것보다 더 다정하고 책임감 있는 행동이라는 사실을 알게 되었다.

처음에는 어려웠다. 특히 프리랜서로 살면서 언제 일이 줄어들지 모른다는 걱정이 있을 때는 누군가 제안을 주면 일단은 하겠다고 했다. 실제로 일단 받아놓으면 미래의 내가 어떻게든 해내는 일도 많이 있었기 때문이다. 하지만 머지않아 미래의 내가 어떻게든 해내는 일은 그럴 만한 조건이 있기 때문이라는 것도 알게 되었다. 내가 다른 사람보다 빠르게 끝낼 수 있는 타입의 프로젝트거나, 재미있어서 잔업을 쪼개 해도 비교적 덜 지치는 일이라거나. 그걸 모른 채 이번에도 어떻게든 맡으면 할 수 있겠다고 믿으며 한창 많이 들어오던 일을 신나게 수락할 무렵, 나는 주변의 기대와 밀려드는 중압감을 버티지 못하고 사무실 앞 주차장에 주저앉고 말았다.

몸이 감지한 과부하는 차라리 나았다. 살면서 한 번도 겪지 못한 지옥이 마음속에 열려서는 하루에도 몇 번씩 내 머리를 헤집어놓을 때, 나는 정말 이대로 하루도 살지 못하겠다는 공포에 휩싸여 응급실 찾듯 정신과를 찾았다. 다행히 처음부터 잘 맞는 병원을 만나 주기적인 도움을 받았지만, 그 이후로 나는 내가 할 수 없는 것에 선을 긋는 것이야말로 나와 타인을 사랑하는 가장 기본적인 방법이라는 걸 배웠다. 주변의 너무 큰 기대에 몸을 던져놓고 그게 뜻대로 되지 않을 때, 내가 누군가를 얼마나 미워하게 되는지 깨달았으므로.

이후 나는 업무 제의가 올 때, 현재 내 스케줄을 상세히 말하고 현실적으로 쓸 수 있는 시간을 전달하는 원칙이 생겼다.

그리고 먼저 페이를 제시하지 않는 프로젝트는 잘 고려하지 않는다. 페이를 모르고 일할 경우, 업무 내내 불필요한 불안과 섭섭함에 휩싸이기 쉽다는 걸 알기 때문이다. 처음부터 내가 쓸 수 있는 시간을 말하고, 페이를 협상하고, 업무량에 대해 대략적으로 협의하고 나서 내가 이 프로젝트가 원하는 결과물을 낼 수 있다고 확신할 때 일을 시작하려고 한다. 그리고 후에 일어나는 돌발 상황에 대해서는 잘 협의한 팀원으로서 최선을 다하려고 노력한다. 마치, 연애를 시작하는 연인에게 사귀기 전에 내가 어떤 사람인지 가능한 많이 설명하고 내가 어떤 연애를 원하는지 가능한 많이 공유하는 것처럼. 너무 서로를 놀라게 하지 않을 세팅을 맞춰두고 시작하는 것이다. 그 세팅의 과정에서 누군가는 나를 조금 서운하게 생각할 수도 있고 의도를 오해할 수도 있지만, 당장 서운하게 만드는 사람이 되는 걸 피하려다가 나중에 실질적인 손해를 안기는 사람이 되느니 내가 할 수 있는 구획을 명확히 나누고 그걸 알리는 것이 내가 할 수 있는 가장 다정한 일임을 안다.

이 습관은 업무 외에서도 적용되고 있다. 참을 수 없는 무례한 말을 하는 사람이 있다면, 내가 그것을 불편해하고 있다는 것을 어떤 식으로든 알려서 이 사람과 내가 어색한 관계로 전락하는 것을 미연에 방지한다. '살쪘네?' 같은 말을 들었을 때,

그 말을 영원히 좋게 좋게 넘어갈 자신이 없다면 나는 그 말을 참고 싶지 않다는 걸 알려주려고 한다. 싸우거나 삐딱하게 나오지 않더라도 충분히 할 수 있다. '살쪘다고 하신 거예요?'처럼 내가 들은 말을 다시 질문으로 돌려주는 방법도 좋다. 혹은 '오랜만에 만났는데 살쪘다는 말부터 하시네요.'라고 방금 한 말이 어떻게 들리는지 알려준다. '에이~ 왜 말을 그렇게 해~' 하는 말이 돌아온다면 '아, 말을 그렇게 하니까요.' 하고 답해준다. 무례한 사람에게 대응하는 가장 간결한 방법은, 그 무례를 정확히 짚어 알려주는 것이다.

이런 대화를 하고 나면 서로가 어색해질 거라 생각하겠지만 많은 경우 반대였다. 내가 어떤 말을 기분 나빠하는지 알고, 서로를 대할 때 어떤 부분을 조심해야 하는지 터놓고 공유하는 일은 돈독한 관계를 맺는 일에 매우 중요하게 작용한다. 계속해서 나를 상처 입히는 태도와 말을 참다가 어느 순간 내가 그걸 견디지 못하는 바람에 서로를 영원히 잃을 수도 있다는 걸 감안한다면, 서로에게 힌트를 주는 것만큼 서로를 열렬히 사랑하는 일은 없을 것이다. 물론 세상 모든 인연이 그렇듯이 내 입에서 나간 말의 온도를 상대방이 똑같이 느끼지는 않는다. 그래서 가끔은 서로를 잃을 수도 있다. 하지만 그게 나에게는 견딜 수 없는 일이었기 때문에 말할 수밖에 없었다면, 우리가 서로를 잃은 건 서로가 더 잘 맞는 사람과 시간을 보낼 수 있도록 길을 열어준 것이기도 하다.

　최근 자존감에 대한 질문을 많이 받는다. 사실 나는 아직 자존감이란 것의 실체가 정확히 어떤 것인지 모르겠고, 그게 스스로 멘탈 케어를 잘 하는 것처럼 보이는 사람들이 자주 받는 질문이란 걸 감안한다면 애초에 내게 왜 그런 질문이 오는지도 모르겠다. 국어사전에는 자존감을 '스스로 품위를 지키고 자기를 존중하는 마음'이라고 규정했는데, 자기를 존중하기 위해 내가 가장 많이 신경 쓰는 것은 나 스스로에게 책임지지 못할 양의 밥을 강요하지 않는 것이다. 감당할 수 없는 짐을 맡아서 끝내 그 짐을 처리하지 못한 나를 스스로 미워하게 두지 않는 것이다.

　문제는 어릴수록, 게다가 여성이라면, 이것을 해내기가 어렵다는 점이다. 약자일수록 '좋게 좋게' 넘어가기를, 그냥 웃고 수락해주기를 강요받기 때문이다. 그렇게 나의 선이 무너지는 경험을 여러 번 하면, 당연히 나를 스스로 존중받는 존재로 인식하기 어렵다. 그래서 가끔 어린 후배들이 나에게 비슷한 질문을 하면, 나는 어떤 항의나 용기를 내라는 취지에서가 아니라 그저 눈을 질끈 감고서 나는 이 감정을 책임지고 끝까지 감당할 수 있는지 생각해보자고 한다. 부당한 것에 항의하는 비장한 그림을 그리면서 선 긋기를 부담스러워하지 말고, 그저 지금 기분을 감당할 수 없거나 혹은 영원히 감당하고 싶지는 않다는 자각으로 심플하게 그어보자고. 애인을 아무리 사랑해도, 내가 견딜 수 없는 행동을 그가 반복적으로 한다면 용기를 내어 그걸 이야기해야 한다. 그렇지 않는다면 최악의 방법으로 그를 잃게 될지도 모르니까.

'내가 견디지 못하는 차별적인 단어를 반복해서 쓰지 말아줘. 침대에서 콘돔 쓰는 일까지 내가 신경 쓰게 하는 건 이 안정적이라 믿었던 관계에 균열을 낸다는 걸 기억해줘. 사전에 듣지 못한 이유로 하루 종일 연락이 되지 않는다거나, 그 후에도 연락이 닿지 않은 이유를 설명하지 않는 불친절한 짓은 하지 말아줘. 나는 너를 의심해서가 아니라 네가 바쁘게 사는 내게 불필요한 에너지를 쓰게 했다는 이유로 너에게 서운함을 느끼게 될 거야. 나는 네가 말하지 않은 문제로 내게 영향을 줄 거라면, 어떤 문제든 나와 열어두고 이야기하길 원해….'

종류는 많을 것이다. 이런 말들을 영원히 삼킬 자신이 없다면, 내가 안전하다고 느끼는 타이밍에 명확한 단어로 경고하는 것 역시 사랑의 일환이라는 걸 잊지 않아야 한다. 만약 그 사랑의 결이 달라 상대가 나를 이해하지 못하고 멀어진다면 안타깝지만 그게 이 연애의 종착이라는 것도 책임지고 받아들여야 한다. 상대의 시간과 에너지를 존중하려면, 내가 끝내 해줄 수 없는 일에 대해 솔직해져야 한다.

나는 당당한 것, 단호한 것, 혹은 '거절의 미학' 같은 것에 대해 말하고 있는 것이 아니다. 내가 매 순간 스스로를 질책하지 않는 방법을 힘껏 찾는 것이야말로 나를 가장 잘 사랑하는 방법이라는 것을 말하고 있는 것이다. 내가 책임질 수 있는 양의 밥을 알고, 그걸 덜거나 더하면서 확정하고, 그걸 싹싹 비워내는 성취를 매일 쌓아가면서 스스로를 매일 기특해하며 사는 방법에 대해 말하고 있는 것이다. 함부로 무한을, 영원을 약속해서 그 책임에 깔려 죽지 않을 것, 그것이 사랑이든 일이든.

엄마는 서러움이 많고, 아빠는 섭섭함이 많다. 엄마는 장남의 맏며느리 겸 50년대생 한국 여성으로 살면서 너무 많은 불평등을 겪었기 때문이고, 아빠는 묵묵한 장남과 가장의 역할을 너무 오래 수행한 나머지 말로 꺼내지 않고 혼자 쌓은 기대에 과도한 책임을 묻는다. 시대와 개인의 책임이 혼재된 그 둘의 성향이 나와 충돌할 때, 가끔 나는 어디부터 이것을 풀어나가야 할지 막막해진다. 당장 내가 할 수 있는지 없는지를 빠르게 알려주는 것이 최우선의 미덕인 80년대생 프리랜서 비혼의 딸과 주어진 상황을 감내하며 어떻게든 해내고 그것에 대해 침묵하는 게 미덕이라 믿고 산 50년대생 양육자 사이에서 가끔은 우리가 생각하는 자존감과 사랑이 맞부딪친다. 엄마가 매일 늘어놓는 시집살이의 애환을 또 어느 주말 오후 40분째 늘어놓을 때, 나는 또 그러고 앉아 있는 엄마를 속으로 비난하고 있다. 엄마는 이야기에 집중해주지 않는 내가 서운하다.

"엄마, 내일이면 갈 건데 이미 몇 번이나 들은 즐겁지도 않은 얘기에 시간을 뺏기는 게 너무 아까워."

더 이상 듣고 싶지 않다면서 선을 긋는 나의 말에 엄마가 서운함을 딛고 내 사랑을 발견해준 것은 언제부터였을까. 한번은 엄마가 자식한테 이런 얘기도 못 하는 게 서운하다고 울었었고, 한번은 종이라도 울린 것처럼 '아차!' 하면서 얼른 제자리로 돌아와 내 말을 받아들여 주었다. 서로와 함께하는 시간이 아깝다고 표현했지만, 결국 내 머릿속에서 이 긴 이야기를 다시 들어줄 수 없다는 차단기가 내려왔던 것뿐이다. 어느 날은 그 속도가 너무 빨라 신경질적인 얼굴이었을 테고, 조금 느린 날은 엄마의 손을 잡고 눈을 보면서 말할 여유가 있어서 반응이 달랐을 것이다.

언젠가 엄마는, 내게 부럽다는 말을 했다. 나도 너처럼 감정을 나눠서 나쁜 생각이 오면 얼른 잘라내고 싶다고. 나는 주눅 든 엄마에게 진실을 말해줬다. 그냥 직업병 같은 거라고. 나

뻔 생각할 겨를 없이 즐거운 얘기를 써야지만 월세를 낼 수 있으니까 그렇게 배운 거라고 말이다. 게다가 매번 이렇게 잘 작동하지는 않아서, 나도 엄마 같은 일을 겪으며 살았다면 엄마 같은 한은 품었을 거라고 덧붙였다. 어쨌거나 막내딸은 엄마의 넋두리를 다 들어줄 그릇은 안 되니 안타깝지만 가끔은 넘어가 달라고.

모든 것을 구획별로 잘 잘라내서 멘탈 관리를 잘 하고 있는 것처럼 보이는 내가, 주기적으로 정신과와 심리 상담 센터에 다닌다는 것을 알았을 때 엄마와 아빠는 적잖이 충격을 받았다. 사실 모든 걸 혼자 견디느니 적절히 잘라내서 한 덩이는 정신과에, 한 덩이는 심리 상담 센터에 위탁하고 있기 때문에 오늘의 내 일상에 기댈 언덕이 있는 셈이고, 그래서 오늘 좀 더 가볍고 발랄하게 살고 있는 것이지만 '존버'를 삶의 미덕으로 산 두 사람에게는 그럴 만한 일이었다. 엄마는 뭐가 문제여서 다니느냐고 기회가 날 때마다 물었고, 아빠는 누가 봐도 어색한 타이밍에 매우 묵혔던 질문을 하듯 병원은 어떠냐고 묻는 것을 보면 표현의 방식만 다르지 누가 봐도 궁금해서 안달이 난 건 똑같았다. 잘 키워놓은 딸이 왜 저렇게 되었는지 궁금한 것이다. 얼마 전 회의에서 만난 분도, 힘들다는 이야기에 내가 다니는 정신과를 추천했더니 비슷한 질문을 했다. "작가님처럼 자존감 높아 보이는 사람도 정신과를 다니네요?" 네, 저는 이 방식으로 저의 자아를 존중하고 있거든요. 필요한 때에 저를 필요한 곳에 데리고 다니는 것으로요.

그래서 나는 가끔, 좋은 관계란 서로 선 긋는 높이가 비슷한 사람들 간의 만남이 아닐까 싶다. 자존감 서사를 좋아하는 사람들은 이것을 자존감 높은 사람들끼리의 연애가 잘되는 이유라고 하기도 하더라. 요즘처럼 '만물 자존감설'이 돌아서, 상대를 가장 고차원적으로 비난하는 방법으로 '쟤 자존감이 낮아서 그래.'를 쓰고, 내 최애를 자랑할 때에도 '자존감 되게 높아 보이는 스타일' 같은 말을 쓰다 보니 이 말을 내뱉자면 자꾸 주저하게 된다. 그럼에도 불구하고 스스로를 존중하는 방법 중 하나로 적절한 타이밍에 스스로를 위해 적절한 선을 그을 줄 아는 게 자존감이라고 본다면, 그 자존감의 주파수가 같은 사람끼리 하는 만남이나 일이야말로 최적이지 않을까. 서로 실수하지 않게 적절한 타이밍에 경고를 주는 용기 있는 친절을 알아채는 운명적 순간, 그 말에 서로 한 발짝 물러서는 정성을 알아보는 따뜻한 안목. 그런 사람들을 많이 만나고 싶다. 혹시 그렇지 않아서 내가 누군가를 놀라게 했거나, 혹은 타인이 호의로 그어준 선에 내가 지레 실망하는 모습을 보였다면 사과를 전한다. 비슷하게 선을 그리는 더 나은 사람을 우리는 꼭 찾을 수 있을 것이다. 언젠가는 돌고 돌아 선의 패턴이 비슷해진 우리가 다시 만나 서로를 알아볼지도 모르고.

그런 희망을 안고서, 오늘도 긋고 있습니다. 연결되어 있고 싶은 마음으로요.

\\|/

취향의
발견

조카가 초등학교에 입학을 했다. 나는 '소월길 밀영'에 가서 카스테라와 조각 케이크들을 산다. 단것을 좋아하지 않는 나는 유명한 케이크집이나 빵집을 소개받아도 그 미세한 맛의 차이를 잘 모른다. 그 작은 차이를 만들어내기 위해 심혈을 기울인 제빵사님들에게는 참 송구한 일이다. 하지만 디저트를 잘 먹는 조카와 축하할 일이 있을 땐 달달구리를 선사하는 문화에 대충 스며드는 마음으로 언제나 밀영에 가서 디저트를 산다.

조카에게 나는 '케이크를 자주 사 오는 이모'지만, 정작 그 이모는 케이크에 대해서 잘 모르는 셈이다. 내 달달구리 큐레이션은 동기 작가이자 좋은 친구인 지혜가 해준다. 작가 커리어의 대부분을 '쿡방'과 '먹방'에 쏟은 지혜는 꼭 방송이 아니라도 엄청난 미식가인 데다 정보도 빠삭하기 때문에 내가 지역명만 불러도 어디서 어떤 걸 먹고 와야 하는지 귀신같이 추천해준다. 내 입맛과 취향은 편협하지만 지혜의 데이터베이스를 믿고 자주 먹을거리를 사서 주변에 나른 덕분에 나는 한 꼬집 더 센스 있는 사람이 된다.

최근 집에 꽃을 배송받아 키우고 있다. 원래 나는 우리 집에서 유일하게 식물에 감흥이 없는 사람이었다. 엄마, 아빠, 언니는 어딜 가나 식물 이름을 맞히고 사진을 찍는다. 가끔 아빠가 "저거 엄마가 좋아하는 꽃이야." 하고 산 중턱 꽃나무를 가리키면 꽃나무의 이름도 엄마의 꽃 취향도 모르는 나는 영혼 없이 팬 사인회에 임하는 아이돌처럼 "아 진짜요."를 했다. 조카 1호 준이가 아직 말을 잘 못할 때조차 길 가다가 꽃을 보고 멈춰 서서 "꽃(이)네." 할 때는 신기했다. 어린아이가 꽃의 가치를 어떻게 알고 서툰 발음을 끌어모아 꽃에 대한 감탄을 표하는 걸까? 혹은, 내 성장기엔 무슨 일이 있었기에 유독 나만 꽃과 식물에 이렇게까지 무심한가, 생각했다.

그러던 내게도 꽃에 매달려본 적이 한번 있었는데, 전에 만나던 애인이 날 만나러 공항으로 올 때 그가 꽃다발을 들고 있어주었으면 했다. 애인에게 꽃을 들고 공항에서 기다려달라고 했는데, 그는 꽃 없이 나타났다. 내가 타박을 하자 "왜, 너 꽃 별로 안 좋아하잖아." 했다. 맞는 말이었다. 사실 무뚝뚝한 그가 꽃을 들고 공항에서 안절부절못하는 모습을 괜히 한번 보고 싶은 장난스러운 마음이 더 컸다. 그는 밀린 과제를 정리하느라 공항에 올 시간이 빠듯한 와중에, 나를 위해 요리를 하다가 시간을 맞추지 못했다고 했다. 꽃이냐, 밥이냐 둘 중 하나를 골라야 한다면, 자신이 사랑하는 여자는 무조건 밥에 손을 들리라는 확신이 있었다고 했다. 정답만 말하는 그가 기특하고 무엇보다 그가 열심히 준비한 식사가 맛있어서 인생 처음으로 꽃에 집착해본 에피소드는 그렇게 밥에 밀려 사라졌다.

그러던 어느 날, 팟캐스트 비혼세의 1주년을 맞았을 때 동료 작가이자《계간홀로》의 편집장인 진송이 꽃을 집으로 보내준 일이 있었다. 꽃을 좋아하건 좋아하지 않건 꽃을 받았다는 상징이 기뻐서 집에 잘 꽂아두었다. 생각해보니 그 전에 꽃다발을 받았을 때는 꽃병에 꽂지도 않고 말리면서 봤던 기억이 난다. 하지만 택배 박스로 온 생화를 보니 꽂아두고 봐야 할 것 같아 꽃병에 두었다. 유독 일이 많고 힘들었던 시기였다. 다음 날 아침, 침실 문을 열고 나왔는데 어제 받은 꽃이 기척이라도 보내는 것처럼 엄청난 존재감을 발하며 거실에 앉아 있었다. 매일 보던 풍경에, 기한을 가진 튀는 존재가 떡하니 있으니 사람 하나가 들어온 것처럼 신선했다. 게다가 말도 안 하고, 내 넷플릭스 채널권도 침해하지 않고, 그저 거기에 예쁘게만 있어주니 좋았다. 그날 저녁 혼자 영화를 보면서 와인을 비우고 있었는데, 자꾸 꽃에 흘깃흘깃 눈이 갔다. 금방 진다고 생각하니 안타깝기도 하고, 꽃을 이렇게 신경 곤두세우고 본 적이 없어선지 꽃이 좋아서 그런 건지 내가 취해서 이러는 건지 헷갈렸다.

이번 주도 잘 수락해ᴗᴗ

며칠간의 일상을 조금 다르게 해주던 꽃이 시들고, 몇 주 후 북페어에 가서 독자분들에게 꽃을 받았다. 꽃을 치우면서 마음이 헛헛했기 때문에 받는 족족 기분이 좋았다. 아침에 일어나면 물도 마시기 전에 꽃의 물을 갈아주는 일상이 지속되었고, 지인에게 힘든 일이 있을 때 꽃을 보내기 시작했다. 그리고 받은 꽃들이 수명을 다하고 나서, 나는 주기적으로 꽃을 사게 되었다. 내 오래되고 완고한 취향에 고개를 비집어 넣어서 꽃 한 송이를 선사하고 간 친구 덕분에 나는 조금 다른 거실, 조금 다른 아침을 맞으면서 지내고 있다.

내가 가진 취향의 많은 부분이 이렇게 만들어졌다. 뭔가를 예쁘다고 느끼는 것, 내가 이것을 좋아한다고 확신하는 데는 내 스스로의 마음을 돌린 서사가 분명히 있다. 현재 내 플레이리스트 중에서 길을 걷다 우연히 내 귀를 사로잡은 음악은 거의 없다. 김윤아의 '길'은 드라마 〈시그널〉이 방영하던 당시에도 좋아했지만 준연 언니가 노래방에서 노래할 때 눈과 귀로 읽어내린 가사가 좋아서 플레이리스트에 입주했다. 방탄소년단의 'Answer : Love myself'를 들으면 언니와 누워서 했던 대화가 떠오른다. 언니는 아이들을 재우고 누워서 여러 가지 복잡한 감정에 사로잡혔을 때, '내 실수로 생긴 흉터까지 다 내 별자린데'라는 가사를 듣고 눈물이 났다고 했다. 나도 같은 구간을 들을 때 눈물이 핑 돈다. 하필 그 구간을 간절하게 불러내는 지민 님의 창법 때문에 더 그런 것 같다.

다프트 펑크의 'Giorgio by Moroder'은 스페인 책방에서 술에 취한 다미안 님이 노래에 더 취한 듯이 덕심을 터트리며 틀었던 노래인데, 그 기분에 이입해서 들었더니 들을 때마다 새벽 3시 몽롱하게 취한 충무로 책방의 기분이 들어서 플레이리스트에 살아남아 있다. 심규선의 '석양 산책'은 친구가 데려간 심규선 님 콘서트에서 들었는데, 관객을 앞에 두고 사랑을 전하고 싶어서 어쩔 줄 몰라 하며 부르던 심규선 님의 표정이 잊히지 않아서 즐겨 듣는다.

데이브레이크의 '오늘 밤은 평화롭게'는 내가 가장 사랑하는 아티스트 김이나 작사가님이 좋아해서 함께 듣는 기분으로 듣기도 하고, 무엇보다 일산 세트에서 녹화를 하고 지친 상태에서 어둑한 자유로를 달리며 퇴근할 때 한 곡 재생으로 자주 듣는다. 내 일상을 채우는 음악은 대부분 타인과 함께했던 순간이나 그와의 관계를 통해서 자리 잡은 곡이다. 내가 쓰는 음악 큐레이션 앱이 내 취향을 골라내지 못해 대부분의 추천 리스트가 쓸모없는 건 개발자의 실수가 아니라 애초에 내가 가진 음악에 어떤 경향성을 찾기 힘들기 때문이다.

최근에는 친구가 목이 높은 조던 운동화를 사줬는데, 착화

감이 마음에 들어서 근 몇 년 만에 내 돈 주고 다른 디자인의 운동화를 추가로 구매했다. 요거트나 브런치형 건강식에는 관심이 없지만 제아 언니가 아침 식사로 거하게 펴준 뮤즐리를 맛있게 먹고 나서 일상에 들였다. 이제 뮤즐리와 그릭 요거트는 달걀과 더불어 주기적으로 구매하는 식품 중 하나가 됐다. 와인 취향은 써니 셰프의 취향과 비슷한데, 와인 컨설턴트를 하던 써니가 나를 와인의 세계로 입문시켰기 때문이다. 칵테일을 좋아하진 않지만 먹는 자리에 가게 되면 가끔 먹는 '블랙 러시안'과 '갓 파더'는 전 애인이 남겨준 고마운 취향이다. 친구가 턴테이블 펀딩을 한다고 해서 응원하는 마음으로 샀던 것이 일요일 낮 집을 정리할 때 LP를 듣는 취향이 되어 거실 구석에 살아남았다.

나는 내가 구엘 공원의 도마뱀 같다는 생각을 한다. 타일을 깨서 각각의 색깔로 장식해 완성한 조형물, 구엘 공원의 도마뱀. 현재의 나를 구성하는 것은 내게 머무르고 있거나 머물렀던 사람들이다. "이거 재미있으니까 꼭 봐." 하고 누군가 보내는 유튜브 링크는 절대로 누르지 않으면서 내가 어깨너머로 엿본 타인의 취향이거나 내가 그의 취향을 엿볼 때 느꼈던 공기와 냄새가 그리우면 기꺼이 다시 찾는 것을 보면 내게 남겨지는 타일들은 우월하고 멋진 취향이 아니라 내가 그를 사랑한 흔적이다. 함께 지낸 시간들 중에서 내 몸에 남기고 싶은 순간들, 그걸 어떻게든 복기하고 싶었던 마음이 깨진 타일처럼 모여서 지금의 나와 내 일상을 만들고 있다. 그중에 어떤 것들은 언젠가 탈각하듯 떨어져 나갈 테고, 나는 다시 사랑하기로 한 어떤 순간이나 기쁨의 파편을 삶에 지니고 돌보는 것으로 내 삶을 꾸려가겠지. 기꺼이 내 몸에 한 조각을 붙이고 싶어질 정도로 나에게 다정하고 강렬했던 사람들을 가진 적 있었다는 사실이 나에게는 구엘 공원 도마뱀처럼 자랑스럽다. 타인의 사랑이 어떻게든 남아 고유한 나를 이룬다는 것은 황홀한 일이다.

문득 그런 생각이 들었다. 연인과의 관계를 포함해, 사랑한다는 것은 결국 스쳐 지나가버릴 수도 있는 타인이 서로에게서 나와 같은, 혹은 상대에게서 전이받고 싶은 타일 조각을 발견하고 멈춰 서서 마주 보는 게 아닐까 하는. 우리는 같지 않고, 하지만 서로를 겁줄 만큼 다르기만 하지 않고, 내가 어떻게 관여해볼 수 있는 멋짐을 가진 둘 혹은 둘 이상의 사람들이어서 서로에게 뭔가를 남길 준비를 하고 여기 함께 있는 게 아닌가 하는 생각이 들었다. 나는 친구의, 가족의, 동료의, 청취자의, 독자의 조각들로 이루어져 있다. 연인이든 독자든 청취자든, 우리는 서로의 삶에 거대한 영향을 미칠 수 없지만 타일 조각을 공유할 수는 있다는 점에서 현재를 함께 보낼 가치가 있는 것이리라. 그중 특정인의 조각이 내 등짝 어딘가를 넓게 차지해도 되고, 그 상태가 제법 마음에 든다면 그건 동거일 수 있겠구나. 하지만 현재는 그렇지 않으니까 내가 부여받은 색깔을 충실히 기뻐하며 지내고 있다. 날 키웠고 키우고 있는 건 8할이 그런 것이다. 한 명의 완벽한 타인이 아니라 내 마음에 쏙 드는 완벽한 타일. 그 넘치는 사랑의 조각들.

초등학교에 입학한 조카의 앞날에도 그런 타일들이 많았으면 좋겠다. 준이와 솔이 스스로가 완벽하지 않아도 당연히 완벽하지 않은 아이들의 손에 닿지 않는 것들을 도와줄 다양한 친구들이 많이많이 생겨났으면. 그리고 그 친구처럼 되고 싶은 조급한 마음보다는 그 친구들과 나눈 고마운 마음을 만끽하고 그 사랑의 조각을 간직하는 아이로 매일매일 살아갔으면.

\\|/

할매의 눈동자에
치얼스

Beer is proof that God loves us
and wants us to be happy.
맥주는 신께서 우리를 사랑하시며,
우리의 행복을 원하신다는 증거다.
– 벤자민 프랭클린

벨기에 여행 중 브뤼셀의 한 맥주 전시장에서 발견한 명언이다. 아멘… 아니, 아'맥!'을 외치며 마음속으로 성호를 그었다. 그렇지! 언젠가 팟캐스트에서 했던 말처럼, 나는 지친 하루를 마감하고 집에 들어와 목구멍을 활짝 열고 맥주를 마실 때, 원, 투, 쓰리 모금째에서 가장 분명하고 명확하게 신을 본다. 맥렐루야!

나는 정말로 스무 살 때부터 지금까지 정말 여한이 없을 정도로 촘촘하고 방대하게 술을 마셨다. 대학교 때는 휩쓸려서 먹느라 소주를, 졸업 후에는 소주를 제외한 모든 것을, 이십 대 후반부터는 사랑과 정열을 담아 맥주를 열심히 마셨다. 물론 와인이나 보드카도 좋아하지만 그것들은 모두 술의 일종이고, 맥주는 나에게 거대한 존재감을 가진 하나의 장르처럼 느껴진다. 단것을 싫어하지만 탄산은 좋아하고, 물을 한 번 먹더라도 반드시 한 컵을 원샷하는 성향의 나에게 맥주는 내 취향을 몰빵해 만든 가상 남친 같은 것이었다. 그런 게 세상에 있을 리 없다 싶잖아요? 그런데 있더라고요. 그것도 손 닿는 거리에 합리적인 가격으로! 이게 신의 손길이 아니면 뭐란 말이에요?

내 인생의 주요 사건들을 액자에 넣는다고 상상한다면, 그 사진 속 어딘가에는 반드시 술이 있을 것이다. 내 첫 아동 후원은 대학생 때였는데, 만취해 고주망태가 된 내가 친구들 앞에서 허세를 부리느라 술값 15만 원을 결제한 일이 계기가 되었다. 당시 내 한 달 생활비는 30만 원이었는데, 거기서 15만 원을 결제했다는 것은 전 재산 탕진과도 같은 의미였다. 아침에 일어나 체크카드 내역서를 보며 어제의 기억을 (다행히 기억이 났다.) 되짚은 나는, 자괴감에 휩싸여 모로 누운 채 반나절을 보냈다. '술값에 15만 원을 날려먹다니. 너처럼 돈을 쓸데없이 쓰는 인간은 없을 것이다.' 하루 종일 생각했다. '그래, 인마. 이 돈이면 도움이 필요한 나라의 아이를 도울 수도 있⋯. 응?' 베개 자국이 얼굴에 찍히도록 누워 있던 나는 몸을 일으켜 컴퓨터 앞에 앉았고 구호 단체를 검색했다. 그리고 참회의 의식처럼 아동 결연을 시작했다. 경범죄를 일으킨 사람이 사회봉사를 하는 마음으로, 내가 손에 쥐어보았자 허공에 날아갈 돈을 누군가의 삶을 위해 쓸 수 있음에 감사하자는 마음으로. 그리고 정기 결제 문자가 오는 날에는 술을 덜 먹어서 돈을 굳히려고 애썼다.

퇴직을 하고 아일랜드 더블린에 방 하나를 구해놓고 여행을 할 때는, 말이 여행이지 매일 동네 펍에 NPC(게임 안에서 플레이어가 직접 조종할 수 없는 캐릭터)처럼 앉아 있었다. 펍 문화의 특성상 서서 맥주를 먹었고 한국식 술자리와 달리 안주도 거의 없었는데, 그걸 견디는 것은 정말 쉽지 않은 일이었다. 하지만 퇴직금을 끌어모아 하는 일도 없이 와 있는 여행자에게 파인트(한 잔에 473ml)당 5유로라는 가격은 이미 부담스러웠다. 물론 한 잔만 먹는 사람에게는 그렇지 않았을 것이다. 문제는 내가 파인트를 여섯 개 정도 먹는다는 점에 있었다. 안주도 자리도 없이 선 채로 맥주만 먹으면서 본인 술값만 칼같이 내는데 하루에 4만 원이 날아가는 것이었다. 한국인에게 안주 없이 술을 먹는다는 것은 고통의 연속이었지만, 나는 감자튀김 하나를 곁들여 먹는 한 잔의 맥주보다는 다음 한 잔을 보장받는 맥주의 연속이 더 좋았다. 덕분에 인고의 나날을 견뎌 서서 깡맥주를 할 줄 아는 사람이 되었다. 맥주에 대한 사랑이 나에게 이(異)문화를 받아들이게 해준 것이다.

　나는 내가 사람을 좋아해 술쟁이가 된 줄 알았는데, 넷플릭스가 생기면서 그것은 사실이 아님을 알게 되었다. 마트에 가서 와인과 맥주를 고를 때면, 앞으로 볼 시리즈가 몇 개나 남았는지를 생각했다. 마치 혼술을 할 미래의 내가 투명인간처럼 나와 장보기를 함께하는 것마냥, "와인 한 병이면 되지 않아? 아니지, 두 시즌이나 남았는데 턱도 없지. 그래도 오늘은 한 병만 사자. 대신에 맥주를 더 사자. 맥주는 항상 필요하니까. 오케이." 같은 대화를 했다. 혼술마저 즐기는 사람에게 있어 (원래는 혼술'을'이라고 썼는데 혼술'마저'로 고쳐 쓴다. 혼술만 좋아하는 척하는 것 같아 왠지 떳떳지 못한 기분이 든다.) 혼자 사는 집이 있다는 것은 거기서 항상 기다리는 술친구가 있다는 것을 의미한다. 가끔은 친구들과 술을 먹다가도 집에서의 혼술 타임을 그리워하기도 한다. 그래서 술자리를 일부러 파하기도 했다. 집에 가서 혼술을 하면서 나만의 3차를 하고 싶은 마음에 아쉬운 표정으로 일어나 고개를 돌린 후 광대를 한껏 끌어올린 채 집을 향해 걸었다. '집에 뭐 있더라? 부숴 먹을 라면 있었나? 엄마가 준 조개젓도 남았지! 올라가면서 오징어 한 마리만 사갈까?' 소풍 전날 아이처럼 설레는 마음으로.

　혼술을 사랑하는 이는 내가 혼자 술을 먹고 있다고 생각하지 않는다. 나라는 술친구와 내 집에서 만나는 것이다. 좋아하는 안주를 고르고, 술을 고르고 마주 앉아 격식이나 맞장구에 대한 압박 없이 마음껏 생각을 펼치고 이기적으로 채널을 돌려대면서 다음에는 뭘 먹을지 고민하는 일. 내가 느끼는 어떤 감정에도 내 편인 친구를 만나 함께 격해지고 흥분하고 과잉되고 때로는 차분해지는 일. 좋지 않은 일이 있거나 마음이 쪼그라들 때 술을 먹지 않는 것도 같은 이유에서다. 서럽고, 화나고, 억울한 내 마음에 나보다 더 격하게 이입할 존재와 술을 마시는 것은 자기 파괴적이니까. 안 해도 될 전화를 하게 부추기고, 서러운 나를 더 서러워하게 만들고, 내가 어떤 선택을 하려고 할 때 부채질만 하는 철딱서니 없는 애와 단둘이 술을 먹는 것은 여러모로 위험하다. 그런 때를 제외하면 혼술은 행복한 일투성이다. 그런 의미에서 혼자 산다는 것은 언제든 내가 원하면 누구의 동의도 없이 이용할 수 있는 술집이 있는 셈이다. 그래서 가끔 동거인을 들일까 생각하다가도 이것 때문에 얼른 마음을 접게 된다.

나는 요즘 내가 사랑하는 술을 오랫동안 곁에 둘 방법을 고민하고 있다. 운동을 하고, 건강한 식재료를 먹으려고 애쓴다. 술을 포기할 수 없으니 다른 부분에서 조금이라도 건강하게 살 방법을 찾고 있다. 정기적으로 건강 검진을 하고, 영양제도 챙겨 먹고. 다 (술) 먹고 살자고 하는 일이다. 혼자 살면서 넷플릭스를 안주로 혼자 마시는 술을 알게 된 것과 마찬가지로, 다른 버전의 술자리가 삶에 추가되는 것이다. 폴댄스를 하고 와서 미나리 왕창 넣은 새조개 샤부샤부에 샤맥 하기, 저염 명란에 스테인리스 빨대 꽂은 캔맥주 마시기, 남산 등반 후 집으로 오는 길에 쫄쫄이 입고 맥주 마시면서 사람 구경하기 등. 이쯤 되면 맥주는 사실상 반려주인 것이다. 내가 어떤 삶을 살게 되든 이변이 없다면 나와 밀착해 동행하는 존재!

훗날 되고 싶은 나의 모습을 상상해 액자 속에 넣어본다면, 독일 여행 때 보았던 할머니의 모습이었으면 좋겠다. 백발에 1리터짜리 맥주를 손에 들고 허공에 건배를 제안하는 멋진 할매! 맥주로 채워진 1리터의 맥주잔을 들 수 있는 전완근 근력을 가지고, 어디서든 쫄지 않고 건배 제의를 할 수 있는 담대함과, 그 맥주의 차디찬 온도를 견딜 수 있는 튼튼한 치아와 그걸 거침없이 마실 수 있는 싱싱한 간과 기력! 그것이야말로 내가 비혼 할매로서 갖고 싶은 스펙이다. 그 할매에게 한 꼬집이라도 다가가기 위해 오늘도 공복에 사이클을 타고 저녁엔 폴댄스를 하고 일부러 아침을 직접 만들어 먹는다. 술이 남느냐, 내가 남느냐, 감동의 골든벨을 하는 것이다!

아, 그러고 보니 어느 술집에서 골든벨을 울릴 수 있는 재력도 가지고 싶다. 놀고 마시는 것에 진심인 사람은 놀고 마시기 위해 놀고 마심을 억제하기도 하는 것이다. 역시 맥주는 신이 우릴 사랑하시며, 우리의 행복을 원하신다는 증거다!

\\|/

남편은 없고요
최애는 있습니다

눈을 떠서 빈둥대다가, 이제 몸을 일으킬 때라고 판단되면 〈김이나의 별이 빛나는 밤에〉 다시듣기를 튼다. 시그널 사운드에 맞춰 일어나 〈전지적 참견 시점〉에서 배구 선수 김희진 님이 했던 스트레칭을 한다. 부스스 나가서 커피를 내려 마신다. 사이클에 올라가서 답장할 급한 메일이 있는 경우를 제외하면, 텔레비전에 연결된 유튜브에서 김희진 선수의 지난 경기 풀영상을 고른다. 1~2세트 정도를 보면서 40분을 채운다. 예전에는 핸드폰으로 SNS를 보거나 친구들과 카톡을 하면서 사이클을 탔기 때문에 안 그래도 거북목인 목 상태가 더 나빠졌었는데, 배구 선수 덕질을 시작한 후로는 내가 좋아하는 선수가 화면에 내 시선을 붙들어놓고 있기 때문에 목 컨디션이 많이 좋아졌다. 필라테스 선생님이 흡족해하실 것이다. 그뿐인가. 그 주 스케줄을 소화할 때면 허덕이다가 결국 닥쳐서 밤샘을 하곤 했는데, 시즌이 시작된 이후에는 '직관' 혹은 '집관' 스케줄이 있기 때문에 자연스럽게 한 달 계획은 미리 짜게 되었다. 업무 일정을 경기 앞뒤로 배치해 규칙적인 루틴을 만들고 마감을 당긴다. 부모님과 상담 선생님이 흡족해하실 것이다.

십 대 시절은 모조리 H.O.T.에 바쳤다. 십 대 팬이 많다는 걸 잘 알고 있었던 토니 오빠가 했던 "성적 올랐다고 성적표 보내주는 팬이 제일 기특해요."라는 말에 열심히 공부를 한 덕분에 대학도 갔고, 초등학교 때부터 나를 텔레비전 앞에 붙잡아 둔 오빠들 덕에 부침 없이 '텔레비전 키드'로 성장한 결과 방송작가도 됐다. 첫 직장을 그만두고 긴 백수 기간에 대한 자괴감 없이 발랄하게 휴식을 누릴 수 있었던 건 멕시코 축구 선수 치차리토 덕분이었다. 치차리토를 만나러 혼자서 구장 원정을 뛰고, "나 한국에서 왔어. 사랑해!" 외치고 나서 "나도 사랑해!" 소리를 들었다. 그 힘으로 작가 초년생 시절을 버텨 한동안 머글로 평온하게 잘 살다가 현재는 김이나 작사가와 배구 선수 김희진의 팬으로 잘 살고 있다.

방송국에 있으면 타인의 별들을 내 거래처 과장님 정도로 보게 된다. 잘 해주면 고맙고 아니어도 내 일만 잘 하고 헤어지면 되는 그런 존재. 그래서 이 업계에 들어오기 전까지, 어두운 밤길을 비추는 초롱처럼 내 삶을 잔잔히 리드하며 여기까지 오게 만든 그런 존재를 이제는 가질 수 없을 거라 생각했던 시절도 있었다. 그래도 막연히 '저 사람 멋지다. 다음에 일해보고 싶다' 생각하던 사람은 있었다. 그게 김이나 작사가였다.

우리나라처럼 가요가 거리의 공기를 채우고 사람들의 BGM

으로 깔리는 곳에서 히트 작사가로 십 년이 넘게 자리를 지킨다는 것은 어찌 보면 시대를 움직인다는 의미기도 하니까. 사람들이 슬픔이나 기쁨을 증폭시키고 싶은 순간에 그 마음을 관통하고 감정을 지휘하는 일을 저렇게나 꾸준히 하는 사람은 가까이서 보면 어떤 느낌일까, 언제나 궁금했다. 원래 멋진 것은 알고 있었고 주변 사람들의 이야기와 출연한 프로그램을 통해 좋은 방송인이라는 점도 알고 있었다. 그런 사람이 매회 우리 프로그램을 빛내주는 것이 한없이 고마웠는데, 오랜 시간을 출연자와 작가로 보내던 어느 날 대기실에 들어온 그에게 촬영 내용을 설명하면서 눈을 마주치기 힘들어진 순간 알게 되었다.

아, 나는 덕후가 되었구나.
존경, 감사, 감탄 같은 게 아니라 이 감정은 덕심이구나.
망했다.

얼마 후 건강상의 문제로 프로그램을 그만두기로 한 날, 누가 봐도 다른 출연자와 너무 차이 나는 분량으로 작성한 세 장의 편지를 건네며 제작진이 아닌 덕후로서 나를 알렸다.

'이제부터 덕질을 하면서 살겠습니다.
사랑을 숨기는 감정 노동, 이제 그만할게요.'

프로그램을 그만두고 나서 처음 하는 행사로 요조 님과 진행한 북토크에 간 날이 아직도 생생히 기억난다. 삼백 여명이 들어찬 큰 공연장에서 객석의 조명이 꺼지고 김이나 님과 당시 진행자였던 요조 님만 밝게 보이던 순간, 나는 갑자기 안도감이 들어서 울고 싶어졌다. 내가 좋아하는 아티스트를 대면할 때의 긴장감 없이 마냥 바라볼 수 있다는 것이 너무 안락하고 행복했다. 친분 따위와 감히 비교할 수 없는, 내 별을 갖는다는 환희의 감각. 그 후로 나는 MBC 라디오 〈김이나의 별이 빛나는 밤에〉 생방송에 열심히 댓글도 쓰고, 김이나 님의 생일인 4월 27일에는 그분의 문장을 공유하거나 홍보하는 유기 동물 보호 센터에 기부를 하기도 하고, 책장 한쪽을 언제나 그분의 책으로 채워두었다가 손님이 오면 기쁜 마음으로 선물을 내놓기도 하면서 지내고 있다. 콘서트가 없는 아티스트의 덕질을 한다는 것은 일상의 이벤트가 적어서 심심한 일이기도 하지만, 달리 말하면 내 삶을 잘 유지하면서 동행할 수 있는 좋은 밀도의 기쁨을 끼고 산다는 뜻이기도 하다.

그러던 어느 날, 잔잔한 작사가 덕후의 평화로운 삶에 도쿄 올림픽이 들이닥쳤고, 나는 배구 선수 김희진에게 엄청난 백어택을 맞았다. 물론 선수는 때린 적이 없을 것이다. 내가 텔레비전을 보다 나도 모르는 사이 맞았을 뿐.

'너 내 덕후라 돼라. 네버 세이 네버.'

　김희진 선수는 나와 정반대로 살아온 사람이었다. 나의 경우 큰 신장 덕분에 학창 시절 내내 모든 운동부 선생님들에게 기대를 심어주었지만, 곧바로 전교 최하위권 운동 능력을 보여주며 모두를 충격에 빠뜨린 전설의 전학생이었다. 김희진 선수는 초등학교 때부터 선수 타이틀을 가지고 살았을 정도로 탁월한 신체 능력을 가졌다. 몸에 대해 한 해 한 해 다른 생각을 갖기 시작한 내 입장에서는, 지금쯤 최애 운동선수가 생긴 것이 자연스러운 흐름 같기도 하다. 물론 닭이 먼저인지 달걀이 먼저인지 순서는 헷갈린다. 평생 운동을 못했으며, 가는 몸을 만들어야 한다고 믿고 살다가 초고강도 근력 운동인 폴댄스에 빠지면서 그게 책으로까지 나오고, 이후 운동하는 여성들의 서사를 열심히 찾아다니던 차에 입덕했으므로 운동이 먼저인지 운동선수 입덕이 먼저인지는 모르겠다. 어쨌거나, 달리고 뻗고 구르고 포효하는 국가대표 배구 선수의 움직임에 이전과는 다른 강도로 몰입하게 되었다.

　분야를 떠나서 일을 대하는 태도도 정반대였다. 직업도 자주 바꾸고 늘 프로젝트를 메뚜기 뛰듯 옮겨 다니는 '뼈'프리랜서인 나와 달리 선수는 한 분야에서, 심지어 한 팀에서 프로 경력 전체(2021년 기준)를 보냈다. 히스토리가 알면 알수록 흥미

진진해서 밤새 지난 인터뷰와 경기를 찾아보는 일상이 이어지던 중, 질의응답 영상을 보게 됐다. "배구 선수 말고 인간 김희진의 꿈은 뭔가요?"라는 질문에 "배구 선수 외의 일에 대해서는 아직 생각해본 적이 없어서…."라고 답하는 모습을 보고 나는 머리에 뭘 얻어맞은 것처럼 충격을 받았다. 그렇게 어릴 때부터 했는데, 어떻게 여전히 배구에만 몰두하며 살 수 있지? 평생 하고 있고 매일 해야 하는 일을 어떻게 계속 사랑할 수가 있지? 김희진 선수는 내 상상력 너머의 감각으로 살아온 사람이었다. 나 역시 내 일을 사랑하지만, 한 가지 목표를 위해 인내심을 가지고 오래 달리는 일에는 익숙하지 않다. 내 일상이나 삶에서 일이 차지하는 비중이 너무 높아지면 오히려 사랑하는 일을 영원히 놓게 될까 봐 일부러 새 프로젝트로 옮겨 다니고 환경을 바꾼다. 그런 나로서는 김희진 선수가 걸어온 삶이 너무 경이로웠다. 내가 저런 삶을 살 순 없어도, 대신 계속 지켜보면서 그 과정을 응원하고 싶어졌다. 선수 생활 한 지가 언젠데, 이제야 발견한 내가 원망스럽기도 하지만 한편으로는 이제라도 알게 되어 다행이라는 생각을 하면서.

며칠 밤을 지새우면서 선수의 역사를 혼자 거슬러 올라가는 동안, 나는 '이거 입덕인가?' 생각하며 한동안 허우적댔다. 허우적댈수록 발모가지를 잡아끄는 늪처럼 거대한 덕질 입구는 점점 넓게 열릴 뿐 닫힐 줄을 몰랐다. 중간에 진송에게 "나 요즘 만날 밤새우는데 이거 입덕일까요?"라고 물었을 때, 진송은 "입덕인지 궁금하면 입덕이 아니고, '와, 나 ㅈ 됐다' 싶으면 그게 입덕이에요."라는 현답을 주었다. 그리고 또 얼마간의 시간이 지난 후, 이대로 가다가는 재채기도 "김희진!"으로 할 위기에 처했던 어느 날 겸허히 받아들이기로 했다.

'아, 난 ㅈ 되었구나.'

친구 Y는 덕질을 두고, "초능력을 갖게 되는 것"이라고 했다. 나에게 힘든 일이 생길 때, 사진 한 장 보는 것만으로 1초만에 내 기분을 바꿔놓을 수 있는 존재가 생기는 것이라고. 확실히 입덕이라는 것을 확신한 것은 나에게 초능력이 생겼음을 알아챈 순간이기도 했다. 자동차 사고와 지옥 같은 회의가 겹쳤던 어느 날, 김희진 선수의 새 인터뷰 영상이 올라오는 바람에 앞일을 잊고 헤벌쭉 웃으면서 집에 돌아온 날이 있었다. 차 수리로 뚜벅이로 살아야 했던 시간도 대중교통으로 이동하면 더 많은 영상을 볼 수 있다는 점이 좋았다. 최애가 있는 나는 초능력자이므로, 한 시간이 넘는 거리는 김희진 선수 영상 복습 덕분에 체감 1분으로 줄어들었다.

삶의 많은 순간, 우리는 대수롭지 않게 넘겨야 하는데 그러지 못하는 많은 난관에 봉착한다. 덕후가 되기 전까지는 상사가 못된 말을 할 때, 통화 중 클라이언트의 날 선 말투를 견뎌내야 할 때… 그때마다 이런 감정의 동요가 스스로 잦아들기를 기다리는 것이 너무 지난하고 고통스러웠다. 덕후가 된다고 해서 갑자기 멘탈이 굳건해지지는 않지만, 다만 삶에 '거하게 대수로운 것'이 핀 조명처럼 빛나면서 다른 것들은 빠르게 빛을 잃는다. 대수롭지 않아야 할 사실들이 내 일상을 할퀼 때, 나에게는 대수롭게 사랑하는 존재가 있다. 이 회의실을 나가서 공을 때리는 내 최애를 보면, 나는 피리 부는 사나이에 홀린 마을 사람처럼 '룰루랄라' 다시 내 루틴으로 돌아갈 수 있는 것이다.

'저쪽은 보지 마. 날 봐. 얼마나 멋있어? 아니, 저쪽을 보면서 인상 쓰지 말고 그냥 여길 보라고. 옳지. 한 숟가락 더 뜨는 거야, 아~'

최애는 본인들의 의지와 상관없이 이런 식으로 내 몸을 일으키고, 옷가지를 주워 입히고, 끼니를 챙기고, 월세를 벌게 만드는 요정 같은 존재다. 덕질이 밥 먹여주냐고? 실제로 먹여준다.

불안과 걱정이 많은 나는 김희진 선수를 보면서 혼자인 순간에 집중하는 법을 배운다. 무기력할 땐 아무것도 안 하고, 운

190

동할 때는 '그냥' 하고, 슬럼프가 오면 '그냥' 그 슬럼프를 있는 그대로 바라본다던 선수의 말을 순간적으로 떠올려 가까스로 몇 번의 고비를 넘긴 적이 있었다. 즐겁게 읽어주신 독자분들이 들으시면 서운해하실지도 모르지만 이 책을 쓰는 동안 나는 끝없이 스스로를 의심했다. 내가 지금 무슨 유료 쓰레기를 쓰고 있는 건가 싶어서 노트북을 창 밖으로 던지고 울면서 도망가고 싶은 순간들이 있었다. 그럴 때 '김희진이라면 어떻게 했을까?'를 생각하고 다시 책상 앞에 앉기도 했다. 대체로 내 편이지만 때때로 남의 편처럼 구는 몸, 그러나 그 몸을 데리고 달아날 수 없이 해야 할 일이 있다는 걸 인정하고 살아가는 사람. 운동선수 특유의 단단함을 관찰한 것이 오늘을 비롯한 많은 날 나에게 계속 쓸 동력을 줬고, 살면서 읽은 수많은 책이나 같은 업계 선배들이 해준 무수한 말보다 나에게 많은 걸 가르쳐줬다. 그래도 불안할 때는 김이나 작사가의 용기를 빌린다. 흔들리는 자신을 용기 있게 청취자 앞에 이야기하고, 프리랜서지만 정해진 시간에 일어나고 노트북 앞에 앉아 감정을 글로 엮어서 미지의 사람들과 어깨를 걸면서 또 하루를 구동하는 용기를. 그런 의미에서 최애는 일상의 중요한 순간 결정적인 공을 올려주는 좋은 세터(Setter, 배구에서 공격수가 공격하기 쉽도록 공을 토스하여 주는 선수) 같기도 하다.

싸랑과 충성을 그대에게!

내가 보지 못하는 곳에서 쌓여간 그의 삶이 어느 지점에서 내 일상과 만나 내 삶의 태도를 바꾼다는 것은 얼마나 기적 같은 일인가. 분명 동시대를 살면서 동시에 달력을 넘기지만, 나는 그에게 어떤 교류도 요구하지 않고 다만 평행우주 같은 어딘가에서 그가 매일 잘 일어나고 곤히 잠들길 빈다. 나를 감명시키는 경기와 가사가 얼마나 오랜 노력으로 나온 것일지 막연히 추측하면서. 그래서 모든 과정을 응원할 수밖에 없게 된다. 선수의 경기 성적이 안 좋다면 성적에 실망하기보다 노력이 늘 결과로 이어지지 않는 현실의 야속함에 이입하게 된다. 그 싸움을 이어왔고 이어나갈 선수의 오늘을 걱정하면서. 어차피 승부에 누구보다 목말라 있는 사람은 내가 아니라 선수니까, 나까지 그의 성적에 집착하기보단 그저 늘 무탈하기를 기도하게 된다. 히트 작사가의 가사라도 모두 히트하지는 않는데, 작사라는 예술을 하는 사람에게 음원 매출을 성과 지표로 들이대는 것이 때로는 얼마나 큰 무례인지 먼저 길길이 날뛰게 된다. '답답하면 너네들이 공 때리든지. 답답하면 너네들이 가사 쓰든지!'

'우리 최애, 오늘도 여러 사람 평가 속에서 하루 무탈히 살아내느라 수고했어요. 그렇게만 있어줘도 마음이 든든해지는 사람 여기 있으니까, 오늘도 큰일 했어요!'

그러면서 문득 생각한다. 결국 내 인생의 영순위 최애는 난데, 나한테는 왜 그렇게 생각하지 못했을까? 어찌저찌 오늘 하루 살아낸 나 정말 수고했다고, 오늘 성과를 내지 못했더라도 일단 맛있는 걸 먹으라고, 가끔 타인의 응원마저 부담스러울 때는 호의든 사랑이든 외면해버리고 안기고 싶은 품으로 떠나 버리라고, 내 최애한테 해주고 싶은 말을 내게도 자주자주 말해줘야지 생각하게 되는 것이다. 진짜 사랑이란 가장 좋은 버전의 나를 이끌어내는 것이라고 믿어왔는데, 그렇다면 이건 한 치의 의심 없이 사랑이 맞다.

이 사랑의 과정이 나에게 주는 가장 마음에 드는 선물은, 삶의 연차가 쌓일수록 입체적이고 복잡해지는 나의 정체성을 '팬'이라는 단순한 것으로 만들어준다는 점이다. 삼십 대 서울 거주 여성, n년차 작가, 프리랜서, 기고자, 갑 혹은 을, 팟캐스트 진행자, 둘째 딸… 수많은 관계와 맥락 속에서 어떻게 행동해야 하는지 초 단위로 결정해야 하는 피로감을 단숨에 없애고 그저 팬이라는 정체성만 남겨준다. 나는 '대장 부엉' 김이나의 '별밤 부엉이(청취자 애칭)'거나 '곰돌 대장(어쩜 둘 다 대장인가!)' 김희진의 '주접단(팬 애칭)'이기만 하면 될 뿐, 사회가 나에게 그간 붙여준 수많은 네임 택은 없어도 된다. 유럽에 있는 고등학생이든 제주에 있는 노인이든, 우리는 같은 대상을 응원하는 사람으로서의 정체성과 소속감을 가지고 그 어느 때보다 심플해진다. 선수가 득점할 때의 심플한 쾌감과 DJ의 위로에서 오는 심플한 안도감이 머리를 거치지 않고 명치에 와닿을 때의 기쁨이란! '좋아', '고마워', '행복해' 같은 단순한 감정이 이해타산을 따지지 않고 촉감에 가까울 정도로 직진해온다. 늘 복잡한 감정을 다뤄야 하거나 다뤄지지 않는 복잡한 감정으로 스스로를 자주 미워하는 사람들에겐 심플하고 일방적으로 누군가에게 집중하는 기분 자체가 엄청난 보상이 된다. 그러므로 일방적으로 누군가를 좋아하는 일은 결국 일방적이지 않은 것이다. 나는 덕질 전보다 누군가의 팬이 된 나를 훨씬 좋아한다.

그런데, 이 생산적인 감정을 깎아내리기 바쁜 사람들이 있다. 누군가의 안위를 빌거나 매력을 느끼는 감정을 모두 연애 혹은 결혼과 연관시키는 사람들. "너 덕질 때문에 연애를/결혼을 안 하는 거야." 하면서. 덕질이 연애나 결혼을 대체한다고 우려하는 이들이 연애/결혼지상주의까지 탑재하면, '덕질 때문에 그 좋은 것을 안 하고 사는 한심한 사람'으로 팬들을 바라보기 쉽다. 덕질을 하고 있는 당사자로서, 이런 논리는 마치 "부모님을 사랑하면서 동시에 애인도 사랑할 수 있어?" 하고 묻는 것과 비슷한 것이다. 이런 이들은 상대방을 선망하고 아끼는 감정의 다양한 형태에 대한 이해가 없고, 그저 연애 감정이나 성적 끌림 정도로 납작하게 만들고 싶어 한다. 자신이 겪어본 적 없는 타인의 감정을 바라보는 가장 게으른 방법이다. 누군가는 내가 앞서 설명한 감정을 남편에게서 느끼기도 할 것이지만, 대부분의 팬들이 갖는 감정은 그가 나와 밀착한 존재가 아니기 때문에 느끼는 것이기도 하다. 암전된 객석에서 김이나 작사가를 일방적으로 바라볼 수 있음에 느꼈던 안도감처럼, 상호작용하면서 주고받는 긴장감이 배제된 관계만이 가진 특권이 생겨나는 것이다. 덕질은 결혼을 대체할 수 없다. 남편이 없는 '대신' 최애가 있는 게 아니라 그저 슴슴하게 툭툭 던져진 문장처럼, 남편이 없고 최애가 있을 뿐이다.

흥미로운 건, 이런 시선을 가진 사람들은 결혼한 팬들도 폄하한다는 점이다. "남편도 있는데 덕질하는 거 좀 그렇지 않아요?" 덕후들이 최애와 손잡고 주민 센터에 가서 중혼이라도 시도한다는 것인가? 결혼과 무관한 어떤 감정을 이야기할 때에도 깔때기처럼 결혼 이야기로 이어갈 수 있다니. 이들은 본인이 평생 덕질을 안 해봐서 이해가 안 된다고 하는데, 그건 거짓말이다. 그들은 누구보다 결혼 제도를 덕질하는 사람들이다. 원래 덕질의 코어는 과몰입이기 때문이다.

그런 의미에서 결혼 덕질에 진심인 분들께 덕질의 헌법과도 같은 기초 룰을 상기시켜 드리고자 한다. 최애는 신이 점지해주는 것이지, 강요하고 설득해서 되는 것이 아니다. 그토록 사랑하는 결혼 덕질, 우리도 방해하지 않을 테니 선을 지키면서 하도록 하자. 이미 최애가 있는 상대에 대한 과도한 영업은 전쟁을 부르는 법이다.

마지막으로 친애하는 최애 여러분, 부디 그저 잘 지내세요. 잘 자고 잘 먹으면 팬 서비스, 팬 서비스 책임감에 안 시달리면 그게 팬 서비스입니다. 저는 '내가 김이나다', '내가 김희진이다' 생각하면서 스스로를 마냥 잘 챙기며 건강한 롱런 덕질을 도모하겠습니다.

우린 내일 마저 얘기해요.*
내일도 활기차게.
Positive wave!**

---

* 〈김이나의 별이 빛나는 밤에〉 클로징 멘트.
** '긍정의 파도'. 김희진 선수가 도쿄 올림픽 당시 운동화에 적어 넣었던 문구.

비혼
_____

공동체

완벽하게 이해할 수는 없어도

—————————————

완전하게 사랑할 수 있다

\\\|/

북페어에
엄마가 왔다

지난 주말에는 북페어가 있었다. 서촌에 있는 '베어카페'에서 열리는 독립 출판 행사였다. 나는 내가 운영하는 독립 출판 레이블 아말페의 책들을 가지고 나가 주말 이틀을 거기서 지냈다. 내 부스 옆에는 《계간홀로》 이진송 편집장이 함께 앉았다.

독립 출판 행사로 알게 되어 비혼세의 단골 게스트 겸 나의 좋은 동료가 되어준 진송은 (본인 표현에 따르면) '우리 사회 정상 연애 담론에 침을 뱉는 잡지' 《계간홀로》를 만들고 있다. 연애하지 않을 자유를 외치는 잡지라고 하는데, 여기서의 '연애'는 사회가 정상이라고 인정하는 남녀 결합의 연애에 한정한 것이다. 사회가 연애를 반드시 해야 하는 것으로 규정하고, 연애지상주의를 설파하면서 정작 다양한 연애는 인정하지 않는 세태에 대한 이야기를 하고 있다. 진송은 또 『하고 싶으면 하는 거지, 비혼』 책을 쓰기도 했다. 나와 진송은 비혼을 굳이 떠드는 '유난러' 동료이면서, 비혼세의 단골 게스트, 그리고 어른이 된 텔레비전 키드이기도 하다. 나와 공통점이 많아 언젠가부터 많은 일을 함께하고 있다.

진송과 내가 나란히 앉은 부스는 '비혼 부스'처럼 되었다. 주

말을 맞아 서촌 데이트를 즐기러 온 커플에게 우리의 컬렉션은 상반된 반응을 퐁당퐁당 얻었다. 재미있어 하며 '야, 너 이거 사!' 하고 놀려대든가, 아니면 못 본 척하고 지나가든가. 가끔은 《계간홀로》를 흥미롭게 집어 드는 여자친구에게 남자친구가 팔을 잡아끌면서 불온서적을 보는 사람을 단속하듯 하기도 한다는데, 이번 북페어에는 그런 커플이 없어서 재미있는 구경을 놓쳤다.

일요일이 되자, 해방촌에서 섹스토이샵 '피우다'를 운영하는 일명 '피우다 언니' 혜영과 해하가 왔다. 진송과 혜영 언니는 둘 다 비혼세 방송에서 서로의 목소리를 들어 알고는 있지만 실제로 만난 적은 처음이라 얼굴보다 목소리에 더 크게 반응했다. 마스크를 쓰고 있었어도, 목소리로 만난 사람들은 서로를 금방 알아들었다. 그러던 중, 나의 엄마와 아빠가 등장했다.

엄마는 '쏘냐'라는 이름으로 비혼세에 출연한 적이 있었다. 그리고 엄마와 아빠 모두 나의 책 『걸어서 환장 속으로』에 등장하는 사람들이다. 책을 읽은 친구들은 이미 엄마와 아빠를 알고 있었고, 엄마와 아빠가 찍은 사진을 책에서 접했으며, 우리 가족의 히스토리도 알고 있었다. 특히 비혼세 '쏘냐 님' 특집에서 엄마를 접한 친구들은 엄마의 말투까지 잘 알고 있었다. 그렇게 비혼세 방송 생중계 같은 자리가 만들어졌다.

진송은 고맙게도 『걸어서 환장 속으로』를 가지고 와서 엄마에게 사인을 요청했다. 처음으로 사인을 해보는 엄마는 수줍음 속에서도 반가워하면서도 뭐라 이름을 적어야 할지 몰랐다. 엄마는 '자'로 끝나는 자신의 이름을 항상 싫어했고, 내 팟캐스트에서 나의 권장으로 닉네임을 쓰게 되었는데, 그게 '쏘냐'였다. 그래서 엄마는 나의 제안으로 '쏘냐'로 책에 사인을 했다. 아빠는 『걸어서 환장 속으로』의 한 장면처럼 그런 엄마의 모습을 촬영했다.

북페어에 왔으면 책을 사야 한다면서, 엄마와 아빠는 진열되어 있는 《계간홀로》 네 권을 종류별로 샀다. 평생을 이성애자 유자녀 기혼자로 살아왔고 비혼도 막내딸을 통해 처음 접한 엄마 아빠에게 '비연애' 개념이 익숙할 리 없지만, 이미 비혼세에서 진송의 작업을 익히 들은 엄마는 그 잡지 안에 어떤 이야기들이 있을지 조금은 알았으리라. 엄마 아빠는 이날 《계간홀로》를 종류별로 쓸어간 유일한 예순 중반의 부부가 됐다.

동네에서 언제나 날 챙겨주는 혜영 언니와 해하는 그날도 이미 구입한 내 책을 또 사고, 커피를 챙겨주고, 하루 종일 부스를 지키는 내가 허기질까 봐 삶은 고구마까지 챙겨 왔다. 그 모습을 지켜본 엄마는 고마워서 어쩔 줄 몰라 했다. 좀 전까지 '쏘냐'라는 이름으로 내 친구들과 인사를 나누던 엄마는 갑자기 학부모 모드가 되어서 한 명씩 붙들고 말하기 시작했다.

"우리 민지가 부족한 점이 많은데, 혹시 실수하더라도 너그럽게 봐줘요."

엄마는 학교에 어린 나를 맡기던 그 시절의 모습처럼, 친구들에게 나를 부탁하며 이제껏 내 곁을 지켜주고 그들의 곁을 내어준 것에 감사를 표했다.

비연애 잡지를 발간하는 친구, 결혼하지 않은 친구, 동성 파트너와 결혼했지만 한국 사회에서는 혼인 신고를 하지 못한 친구. 아주 어린 시절, 엄마는 사위 대신 이들에게 딸을 잘 부탁하게 되리라고 예상한 적이 있었을까. 또한 그 친구들에게, '민지 어머니' 대신 '쏘냐 님'으로 불릴 날이 있을 거란 걸 상상해본 일이 있었을까. 손주들을 주로 찍는 아빠의 카메라로 딸이 애인과 헤어진 얘기와 봉춤 추는 얘기를 독립 출판 북페어에서 팔아젖히는 장면을 찍을 날이 오리라고 상상해본 일이 있었을까.

흔히 비혼자는 가족과 소원하게 지낼 거라 생각한다. 명절 행사에도 잘 안 가고, 가족 제도와 멀리 떨어져 혼자만의 세계에 살 것이라고. 하지만 오히려 언젠가부터 내가 중요하게 생각하는 것은, 비혼자인 나의 세계를 부모님이 받아들이는 것이다. 우리가 가족으로 묶여 있고 앞으로도 묶여 지내고 싶다면, 서로의 세계를 이해해야 할 의무가 있다는 점을 잊지 않으려고 노력한다. 결혼주의자 부부의 자녀로 태어나 4인 가족의 틀에 맞춰 길러진 나는, 어릴 때부터 한국적 가족 제도의 룰에 맞춰 길러졌고 명절 풍습, 연장자에 대한 도리 등 부모님이 중요하다고 규정한 가치를 가족으로서 학습하며 자라왔다.

마찬가지로, 우리가 가족을 중요하게 생각한다면 비혼자인 나의 세계도 가족들이 함께 참여하고 학습해주었으면 생각하게 되었다. 처음에는 그걸 이해해주는 가족들에게 고마웠지만, 지금은 그런 고마움에서 조금 덤덤해지려고 노력한다. 어린 시절 부모님이 전형적인 가족의 형태와 룰을 가르칠 때 그것을 당연하게 여겼던 것처럼, 내가 선택한 삶의 방식을 가족들이 받아들이는 것을 황송함이나 고마움보다는 자연스러운 태도로 바라보려고 노력하고 있다. 고마움 대신 나의 세계를 받아들여 준 사람들을 소중히 하고 나의 방식으로 사랑해야지 생각한다. 그리고 그 사랑의 표현 방식 중 하나는 내 사람들을 더 적극적으로 소개하는 것이다.

『걸어서 환장 속으로』의 소재가 된 스페인 여행에서, 나는 엄마와 아빠에게 내가 여러 번 다녀온 스페인의 매력을 알려주고 싶었다. 텔레비전에서 소개한 것 말고, 책에 나온 것 말고, 내가 좋아하는 스페인의 소소한 정취를. 엄마 아빠에게는 불편한 것투성이인 자유 여행이었지만, 적어도 두 사람은 내 버전의 스페인을 믿고 따라와 주었다. 믿고 따라와서 내가 본 걸 같이 봐달라고, 내가 홀로 본 풍경을 나란히 서서 봐달라고 할 때 그것이 내 추억의 일부였다는 것만으로 기꺼이 체험해주려 노력했다. 어떤 것은 마음에 들었고 어떤 것은 아니었겠지만 적어도 나의 조각을 함께하길 포기하지 않아주어서 이 여행이 세 사람의 가슴에 보석으로 남을 수 있었다. 같은 마음으로, 엄마와 아빠는 처음 듣는 것투성이인 내 사람들을 그저 나와 삶을 동행하는 사람으로 받아들이고 있다. "다음에 꼭 민지하고 친구분 가게(섹스토이샵이다!)에 놀러 갈게요."라고 말하고, 연애지상주의를 비판하는 잡지를 종류별로 구입해가면서. 타인이었다면 거대한 궁금증을 품고 어디부터 시작할지 몰랐을 것들을 그저 확 안고서. 그게 가족을 중심에 두는 '옛날 사람' 엄마 아빠의 방식이다. '어떡해, 가족인데. 가족보다 중한 건 없지!' 하는 마음으로.

행사장에서 그 어느 부스보다 다양한 세대의 손님과 뜨거운 가족애를 보여준 이 부스가, 다름 아닌 비혼 부스다! 놀라울 게 하나도 없는 거 아닐까? 시집간다는 낡은 표현을 빌려 말하자면, 우리는 어디도 가지 않은 사람들이기도 한 것이다. 가족 관계 증명서를 떼면 아직도 원가족 부모 밑에 있는 그런 사람들이니까. 안 한 것은 결혼뿐이다. 그저 태어난 모습과 상황 그대로 우리를 지키면서 가진 걸 양손에 쥐고 세를 넓히며 일상을 꾸리는 사람들이기도 한 것이다.

　　손님 여러분, 와주셔서 감사했습니다. 제 삶에 와주신 것도, 정말로 감사드려요!

\\|/

함께 건너는
일요일

"저는 지금 일어났어요! 이따 만나요."

"저는 일어난 지 일곱 시간 되었어요, 히히. 출발할 때 연락 드릴게요!"

글쓰기 모임으로 시작해 좋은 친구가 된 홍승은, 홍승희 작가와 이진송 편집장이 우리 집에 오는 날이다. 진송은 《계간홀로》 16호를 마무리 중이고, 홍승은 작가는 폴리아모리 에세이 『두 명의 애인과 삽니다』 이후 올해만 세 개의 단행본을 앞두고 있고, 작가 겸 무당으로 살아가는 홍승희 작가는 무당 에세이를 쓰고 있다. (당시 집필 중이었던 에세이는 『신령님이 보고 계셔』라는 제목으로 출간되었다.)

야행성인 나와 진송은 보통 10시에서 11시가 기상 시각인데, 승은과 승희는 (이하 '홍승'즈) 새벽 4시에 일어난다! 약속 시간을 낮 12시로 잡고는 제 시간에 일어나서 준비하지 못할까 봐 잔뜩 긴장해 알람도 없이 깨서 급하게 집을 정리했다. 눈뜨자마자 출발했다는 진송이 꽃다발을 들고 들어왔고, 낮잠 잘 시간을 쪼개어 우리 집으로 출발한 홍승즈가 도착했다. 홍승즈는 승은의 두 애인을 포함해 넷이서 함께 산다. 오랜만에 서울의 달동네 겸 핫플레이스, 해방촌에 온 홍승즈는 집 입구부터 '우아, 우아!'를 외치면서 들어왔다. 넷이서 이 층인 멋진 집에 사는 사람들이 조그마한 내 언덕 집에 들어와 신기해하는 모습을 보니 내가 더 신기했다. 승은은 패브릭 포스터를 선물로 가져왔는데, 'Beyond Anxiety(불안 너머로)'라고 적혀 있었다. 불안을 안고 사는 승은이 불안을 안고 사는 나에게 건넨 멋진 그림. 예전에 취미 클래스에서 그린 몬스테라 수채화가 있었는데, 그걸 잠시 내리고 받은 포스터를 걸어두었다. 집 안에서 특히 무기력과 우울이 심한 나에게 부적이 될 것 같다.

얼마 전 우리는 팟캐스트 비혼세에서 가족에 대한 이야기를 나눴다. 근 두 시간가량 가족에 대한 이야기를 하고 나니 훨씬 가까워졌는데, 얼마 전 승은과 승희에게 있었던 속상한 일을 이야기하다가 오늘 자리가 만들어졌다. 약속 장소가 우리 집으로 정해지고 나서, 망원시장에 들러 봄 미나리를 꽃다발만큼 샀다. 샤부샤부를 하면 좋을 것 같았다.

"속상한데 만나서 같이 글이나 쓰시죠!"

써야 할 단행본을 둔 비혼 여성 작가 넷이서, 그렇게 해방촌에서 만났다. 우리는 모로코 샌드위치집에서 점심을 먹었다. 아이와 함께 식사를 하고 있는 옆 테이블 가족과 비슷한 인원수로, 하지만 다른 구성으로 넷이 앉아서 아가와 눈으로 놀아주며 밥을 먹었다. 음주자는 나뿐이어서 혼자 맥주를 마셨지만 누구도 신경 쓰지 않아 좋았다. 동네 섹스토이샵 피우다에 혜영 언니가 챙겨준 선물을 받으러 가는 길에 일행 중 담배 타임이 필요한 친구가 있어 함께 흡연 구역으로 갔는데, 한편에 동네 할머니가 만든 텃밭이 있었다. 거기 코랄색 튤립이 언밸런스하게 우뚝 솟아 있었다. 사진을 찍어 가족 단톡방에 보냈다. 나를 제외한 모든 가족이 꽃과 식물을 좋아한다. 나는 꽃만 보이면 사진을 찍는 가족들의 취향을 이해하지 못하지만, 왠지 가족 중 누구라도 사진을 찍었을 법한 풍경이라 가족 생각이 났다. 꽃을 보는 기쁨은 잘 모르지만 꽃을 보는 기쁨을 잘 아는 가족들의 얼굴은 좋아한다. 엄마, 아빠, 언니가 취할 법한 포즈로 나도 꽃 사진을 찍어 단톡방에 보내주었다. 엄마는 예쁘다며 감탄했고, 언니는 튤립은 구근으로 피는 꽃이니 옮겨 심은 걸 거라고 추측했다. 구근이 뭔지도 모르지만 더 알아볼 관심도 없는 나는 언니는 참 아는 것이 많다고 감탄하면서 이야기를 마무리했다.

  나는 관광 가이드처럼 동네 비건 식료품점 겸 카페에 손님(!)

들을 데려와서 함께 음료를 시키고 노트북을 폈다. 온라인에서 가끔 하던 50분 쓰고 10분 쉬기를 여기서 해보기로 했다. 열심히 하고 나면 샤부샤부가 더 맛있을 것이라고 서로를 독려하면서. 혜영 언니에게 내가 좋아하는 언니네 반려견, 여름이와 단비를 데리고 이 길로 산책을 와달라고 부탁했다. 그리고 나는 동네 개조카를 기다리면서 세 명의 작가들에 둘러싸여 이 글을 쓰고 있다.

문득, 그냥 이렇게 살면 참 좋지 않을까 생각하게 되었다. 서로의 불안과, 부담과, 일과, 감정을 알아봐주는 사람과 나란히 앉아서 자기 모니터에 집중한 채 있어도 그게 훌륭한 일요일이 되는 날들을 이어 붙여가면서. 애인이 둘이 있어도, 아예 없어도, 가족과 싸웠어도, 오늘은 훈훈하게 넘어갔어도, 어쨌거나 써야 할 글이 있는 부담스러운 일상을 함께 건너가면서. 가끔은 내 공간에 와서 내가 이제 당연시해버린 내 풍경이 얼마나 특별하고 좋은지 일깨워주기도 하고, 가끔은 남의 공간에 가서 거기 있는 소품 같은 행복들을 호캉스처럼 만끽해보기도 하고. 비혼의 여성 작가들, 덩어리로 보이는 네 사람이 얼마나 다르고 고유한지 지켜보고 나를 이루는 모남에도 조금은 안심하면서, 거기서 또 용기를 얻고.

스스로의 존재에 대해 글을 쓰는 우리들은 의외로 불안과 자기 의심에 휩싸여 산다. 사람들은 글을 써서 세상에 내놓는 행위 자체가 자기 자신에 대한 확신에서 비롯되었다고 생각하지만, 사실은 외롭기 때문에 허공에 대고 외치는 행위이기도 한다. '저요, 제가 이런 사람인데요. 정말 저 같은 사람이 세상에 한 명도 없나요?' 내가 먼저 외치면, 한 명의 메아리 정도는 돌아오지 않을까 하면서. 망망대해에 좌초된 배 한 척이 수신자가 있든 없든 계속해서 구조 요청을 보내는 것처럼 우리의 글은 그렇게 간절한 것이기도 하다.

결혼할 생각이 없고요, 페미니스트고요, 사회가 정상 연애라고 용인한 것 바깥의 이야기를 하고 싶고요, 신내림을 받은 무당이고요, 두 명의 애인과 살고 있는 폴리아모리스트이고요…. 사람들이 멋지다고 말하는 수많은 작가들은 사실 전혀 멋지지 않기에 타인의 손을 잡고 싶어서 쓴다. 세상이 보통이라고 믿어온 방식과 다르게 사는 우리가 계속해서 이야기를 하는 이유는, 그렇게 사는 것에 강철 같은 안정감을 가져서가 아니라 그렇게 친구들을 불러 모아 덜 불안해지고 싶어서이기도 하다. 그 과정에서 평가도 받고, 실수도 하고, 타인의 평가에 움츠러드는 스스로를 한심해하기도 하면서도, 그래도 계속해서 써 내려가는 이유는 우리가 나란히 함께 앉은 이 테이블이 주는 달콤함을 놓을 수 없기 때문이다. 어쩌다 돌아오는 하나의 메아리가 주는 기쁨이 지극히 충만하기 때문이다.

함께 앉아 글을 쓰는 승희는 무당 에세이를 쓰고 있다. 신내림을 받고 무당으로 살아가는 이야기를 쓴다. 언젠가 승희는 내 점사를 보면서 내가 항구 같은 사람이라고 말해줬다. 사람들이 많이 보이고, 많은 관계가 오가는 구심점이 되는 사람이라고. 그러다 어느 밤, 이 이야기는 내가 가진 불안과 결합해 내게 불면의 밤으로 돌아왔다. 배가 들어오고 사람들이 모이는 것은 머릿속에서 지운 채, 누군가를 끊임없이 떠나보내는 존재인 게 아닐까 생각하게 되었던 것이다. 그간 했던 연애 중 유독 짧았던 관계들과 그리움이 주는 희비의 낙차를 강렬하게 안겨주었던 원거리 연애의 기억 같은 것들을 생각하면서. 그런 밤을 보내고 아침이 오면, 나에게 다가오고 있거나 정박해 있는 사람들이 아침 인사를 건네주었다. 그러면 나는 내가 느꼈던 불안을 조금 머쓱해하면서 다시 이야기를 시작해 나간다.

일요일 낮 서울 한복판에서, 커피 한 잔을 앞에 두고 평온해 보이는 마음으로 글을 쓰고 있는 나는 내가 기억하는 불안을 사랑에 실어서 당신에게 신호를 보내고 있다. 잠을 설친 당신, 그래도 눈을 질끈 감고 긴 밤을 견디고 일어난 건 참 잘한 일이에요. 오늘도 함께 신호를 보내봐요. 그리고 가끔 갑판에 나가봐요. 우리가 있었던 곳이 바다가 아니라 항구일지, 정신을 차리면 무수한 배들이 빼곡히 들어차서 우리의 존재가 그 자체로 간척지가 될지 누가 알겠어요? 다르게 산다고 해서 당당하고 멋있지 않아도 돼요. 그래도 살아갈 수 있어야 공평하잖아요.

"와, 함께 있으니까 잘 써지네요. 쓰레기를 많이 썼어요! 승희야, 내 쓰레기 한번 읽어줄래?"

승은은 항상 자신의 초고를 '쓰레기'라고 한다. 타인이 아무리 칭찬해도 어쨌거나 스스로는 쓰레기라고 생각하면서도 계속 쓰고, 살갗이 쓸리는 마음을 안고 두 주먹을 꼭 쥔 채 피드백을 삼키고, 결국 얼굴을 모르는 독자들에게 용기가 되는 빛나는 글로 내놓는 것. 그건 승은이 건네준 포스트에 적힌 문구처럼 불안을 넘어서는 일이다.

'Beyond Anxiety.'

그 말을 곱씹으면서, 나는 언젠가 봤던 영화 〈먹고 기도하고 사랑하라〉에 등장했던 이탈리아어 문구를 떠올린다.

Attraversiamo.
아뜨라벨씨아모.
"함께 건너자!"

오후 4시 30분. 나를 받아준 공간과, 내 주변을 점유한 친구들과, 사랑하는 남의 집 개들과, 텃밭에 뜬금없이 심어진 튤립과, 나와 달리 그걸 좋아하는 다른 가족들과, 그리고 이 글을 읽는 당신과 함께 일요일을 건너고 있다.

　　불안을 넘어서, 함께 건너요.
　　아뜨라벨씨아모!

WE

NEVER

WALK

ALONE :)

\\|/

웃다 보니 함께 멧목 위
이만큼 멀리

캥 언니와 나는 대학교 때 처음 만났다. 캥 언니를 '캥 언니'라고 부르는 이유는 내가 팟캐스트 비혼세를 시작할 무렵 언니에게 익명의 닉네임이 필요했고, 부모님과 함께 사는 캥거루 비혼 방송 작가라는 의미로 '캥 작가'라는 이름을 붙여주었기 때문이다. 캐릭터 독특하시기로 어디 가서 지지 않는 부모님과 여전히 함께 사는 언니는 캥거루의 안온함을 놓지 않고 '국이 있는 삶'을 살아가고 있다. 1인 가구인 나와 언니는 서로를 번갈아 부러워하고, 때로는 서로의 주거 형태가 갖는 단점을 피로해하며 그럭저럭 각자의 삶에 만족하며 산다.

나는 캥 언니와 한 학년 차이로 입학한 신입생이었다. 우리는 같은 반에 소속되어 신입생 오리엔테이션 엠티(일명 새터)를 비롯한 모든 과 활동을 함께했다. 캥 언니와 나의 첫 대면이 나는 정확히 기억나지 않는다. 그냥 기억하는 모든 순간 배 찢어지게 웃고 있었다는 기억만 난다. 나는 큰 키에 까만 피부 덕에 어딜 가나 튀는 외모였고 그때나 지금이나 웃지 않는 상인데, 캥 언니는 항상 깔깔 웃는 사람이었다. 리액션도 크고, 좋아하는 것도 많고, 작은 일에도 잘 즐거워하는 선배였다. 연년생 막내로 살아서 그런가 한 살 차이 여자 선배가 보풀 많이 피어난 애착 파자마마냥 편하고 좋았다. 술을 좋아하는 캥 언니는 내가 아직 본인 주량도 모르면서 자존심만 세가지고 항상 끝까지 마시는 것을 일종의 의리로 받아들였고, 나는 캥 언니가 술 마실 때마다 더 크게 웃고 더 큰 흑역사를 만들어가면서도 언제나 자신과 남의 술버릇에 관대하다는 점을 좋아했다. 애착 파자마 같은 선배는 점점 보풀을 양산하면서 내 몸에 착 붙었다.

우리는 비슷한 시기에 연애도 하고, 살도 같이 포동포동 찌고 주량도 함께 늘려갔다. 캥 언니는 학창 시절 젝키의 은지원을 좋아했고 나는 H.O.T.의 토니를 좋아하다가 대학에 왔고, 당시 하루만 네 방의 침대가 되고 싶다던 동방신기 덕질을 라이트하게 함께한 후 스타크래프트에 꽂혀서 선수들 덕질을 함께했다. 나는 학교 전공 서적 전문 서점에 딱 한 권 들어온 임요환의 자서전 『나만큼 미쳐봐』를 샀고, 언니는 프레젠테이션 수업에서 발표 주제로 '프로게이머 박정석 선수 부모님께 결혼 승낙을 받을 때의 프레젠테이션'을 선보였다. 첫 유럽 여행을 함께 갔고, 비슷한 시기에 사회에 나갔다

당시 나는 하고 싶은 것만 많고, 그중 뭘 해야 할지는 잘 몰랐다. 동기들과 비슷하게 토익 공부를 하고 모자란 학점을 계

절 학기로 채워가며 기업체에 입사했다. 캥 언니는 방송 작가가 되었다. 방송국 공채 피디로 입사를 하지, 왜 프리랜서 작가를 하냐고 주변에서 한마디씩 했었는데, 캥 언니는 "나는 귀여운 아이돌이 '작가 누나' 하는 소리가 그렇게 부럽더라고." 하고 웃으며 대답했다. 생각해보면 캥 언니는 항상 그런 사람이었다. 재미있는 일에 꽂히면 일단 그냥 가는 사람. 스페인에서 저지방 우유를 사야 하는데 스페인어로 설명할 방법을 몰라서 이상한 모델 포즈를 취하다가 큰 웃음 줄 때도 그랬고, 어깨 넓은 내 동기에게 한동안 꽂혀서 쟤한테 관심 있다고 직진할 때도 그랬다. 언니가 걔를 좋아한 게 진심이었다는 걸 우리 모두 십 년쯤 지나서 깨달았다. 작가가 된 이유를 말할 때처럼 그것도 다 웃기려고 하는 소리인 줄 알았는데, 다 진짜였다.

좋아하는 일을 업으로 삼다니. 그래도 되나? 대학 시절 지인들 중에 그렇게 사는 사람은 얼마 없었다. 지금껏 살면서 쌓아온 성적을 가지고 최대한 많은 페이를 받을 수 있는 직장을 골라 다니며 좋아하는 일은 취미로 하는 것이 가장 안전한 공식으로 느껴졌다. 회사에 들어가고 나서야 알게 되었다. 그건 안전한 게 아니라 매일매일 버티는 근력과 인내심으로 일구는 하루하루라는 걸. 나에게는 그럴 근력이 없었다. 적지 않은 월급을 받으면서도 왜 이 일을 하는지 이유를 스스로 찾지 못했다. 좋은 선배들 덕분에 금방 회사에 적응할 수 있었지만 공허하기는 마찬가지였다. 그 무렵 캥 언니는 직장인을 급히 섭외해야 하는 프로그램을 하고 있었고, 나는 주변 동기들을 털어서 언니의 섭외를 도와줬다. 급히 촬영을 나가야 하는데 주소를 빼먹어서 SOS를 치면 업무 시간에 몰래 알아봐주기도 했다. 그러면서 틈틈이 했던 일은, 사내 메일링 서비스였다. 아이돌 그룹 이름 빨리 외우는 법, 이번 주 화제가 된 게시물, 감동적인 이야기 등을 보내기 시작했다. 처음에는 동기들 위주로 보냈는데 점점 요청을 받아서 독자가 생겼다. 이게 굉장히 예능 작가적인 콘텐츠라는 건 나중에야 알게 되었다. 나는 내가 워낙 텔레비전 키드고 태생적인 덕후라서 그런 건 줄 알았다.

당시 나는 퇴사할 마음을 굳혔지만 막상 뭘 해야겠다는 계획은 없었기 때문에 매일매일 실습 나가듯 여러 가지 일을 했다. 스페인을 좋아하니까 스페인에 가서 살까 하는 마음으로 어학원도 등록해보고, 고등학교 때 실용음악과를 가고 싶었던 꿈을 떠올리면서 기타도 배웠다. 운동도 등록해서 다녀보고, 할 수 있는 건 이것저것 많이 했다. 그러다가 내가 캥 언니의 섭외를 도와준 프로그램 녹화장에 따라가도 되냐고 허락을 구해서 캥 언니의 일터로 갔다.

언니는 이날도 전날 밤을 새운 건지, 언니가 항상 말하던 '그지 개꼴'을 하고 나왔다. 야상에 후드티, 편한 바지를 입고 이리저리 뛰어다녔다. 보는 사람이 피곤할 정도로 언니가 해야 하는 일은 많았다. 그렇게 여기저기 돌아다니다가도, 스튜디오 카메라 뒤에 서서는 대학생 때 그랬던 것처럼 배가 찢어지게 웃어댔다. 금방 죽을 것 같은 표정을 하고 서 있다가도, 선배에게 불려가서 흔들리는 동공을 부여잡듯 가슴에 클립보드를 안고 서 있다가도, 또 뭔가 재미있는 일이 눈앞에서 벌어지면 깔깔대고 웃었다.

"나도 방송 작가 해볼까?"
"해, 너 잘할 것 같은데."

진짜로 할 수 있을까. 하고 싶다고 해도 되나. 하지만 애착 파자마 같은 언니가 한 치의 의심 없이 대답을 하니까 근거 없는 확신이 밀려왔다. 우리 엄마 아빠보다 나를 더 잘 아는 사람일 수도 있는데. 어느 날 술 먹으면서 언니에게 촬영장에서 그날 있었던 웃긴 얘기를 깔깔대고 듣다가 말했다.

"와, 진짜 웃기다. 나도 할래."

웃긴 것에 뭐 이렇게까지 진심인가 싶지만, 생각해보면 나도 항상 그랬다. 고3 때 공부를 하겠다고 텔레비전을 일주일에 한 시간만 봤는데, 그게 〈개그콘서트〉였다. 회사 생활은 〈무한 도전〉으로 버텼다. '어딜 가든 일터야 다 고생인데, 웃긴 일이라도 자주 있으면 그만한 데가 어딨겠어' 생각하니 마음이 편해졌다.

퇴직금을 다 싸들고 아일랜드로 가서 맥주에 탕진하고, 캥 언니와 함께 갔던 스페인을 20일간 혼자 돌면서 '그지 개꼴 라이프'를 시작할 준비를 갖췄다. 물러설 곳 없는 '쩐그지'가 되었다. 방송 작가 아카데미에 등록은 했지만 캥 언니가 금방 일자리를 소개해주어서 작가 동기들보다 조금 빠르게 작가 생활을 시작했다. 이제 십 년이 넘도록 이 일을 하고 있는데, 지금까지는 단 한 번도 후회하지 않는다. 힘든 적은 많았지만 이 직업을 그만두고 싶었던 적은 없다.

퇴직 후에 아일랜드에 갔을 때, 이미 여러모로 놀란 엄마 아빠는 내가 뭘 하고 다니는지 불안해하고 궁금해했다. 당시에는 아일랜드 더블린에 대한 정보도 많이 없었다. 겸사겸사 매일을 블로그에 써냈던 것이, 마지막 챕터를 다 쓰자마자 출판사의 연락을 받게 되었고 운 좋게 첫 에세이가 나왔다. 이후 몇 번의 칼럼과 공저서를 쓰면서 방송 작가 일을 병행하다가 프로그램 한 시즌이 끝나 백수가 되었다. 마침 부모님의 환갑이 있어서 여행을 가고 싶어 하셨는데, 프리랜서로 대낮에 누워 있는 내가 가이드를 맡게 되었다. 우리는 환장의 환갑 파티를 스페인 자유 여행으로 대체했고, 그 이야기를 매주 수요일 연재한 끝에 책, 『걸어서 환장 속으로』가 나오게 되었다. 『걸어서 환장 속으로』의 마지막 챕터를 쓸 무렵, 애인과 헤어지는 바람에 감정이 바닥을 쳐서 유쾌한 가족 에세이의 마지막 부분을 완성하지 못한 채로 무기력한 나날을 보내게 되었다. 머릿속에 뛰어다니는 문장들을 차라리 배설하듯 어딘가에 쏟아놓고 글을 쓰자고 다짐하면서 매일 그날의 기분을 쓴 『오늘 헤어졌다』는 첫 독립 출판물로 세상에 나왔고, 살면서 처음 오래 한 운동 이야기는 폴댄스 에세이 『난 슬플 땐 봉춤을 춰』로 나왔다.

캉 언니와 나는 같은 프로그램에서 일하지는 않았지만, 서로 필요한 작가를 소개해주거나 그때그때 필요한 도움을 주고받거나 하면서 함께 컸다. 바쁠 땐 자기 일정이 어떻게 돌아가는지도 알 길이 없는 작가 일을 서로 이해했기 때문에 몇 달간 얼굴을 보지 않아도 서운하지도 어색하지도 않았다. 그러다 코로나 시국이 되었는데, 나는 당시 극심한 번아웃으로 작가 생활 십 년 만에 처음으로 다음 프로젝트에 대한 어떤 계획도 없이 일을 완전히 놓고 짧은 휴식을 하는 중이었다. 잠시 숨만 돌리려던 것이 길어져 역대 최장 기간의 공백기를 갖게 되었다. 한편 캉 언니는 당시 야외 버라이어티 팀에 들어가서 기획을 하고 있었는데, 코로나 때문에 첫 촬영이 끝도 없이 미뤄지면서 사실상 백수 상태가 되었다.

"할 일 없어서 팟캐스트라도 하려고 하는데, 언니 나올래?"
"내가? 내가 나가서 무슨 얘길 해."
"우리끼리 재밌으면 되지, 뭐."
"그걸 누가 들어~"
"들을 사람도 없는데 게스트로 나와봐. 언니 하는 일도 없잖
아. 맥주 살게."
"콜."

비혼세의 흥행 보증 수표, 캥 작가는 그렇게 탄생되었다. 백
수라 시간도 많은데 집에 누워서 스트레스나 받느니 만나서 웃
기는 얘기나 하자던 것이 기획이라면 기획이었다. 우리는 팟캐
스트를 하며 암흑기를 함께 보냈고 이제 숨 돌리고 카드 값을
내는 데 지장이 없어질 무렵엔 방송이 자리를 잡았다. 덕분에
다시 글을 쓸 수 있는 기회가 늘어나게 되었고, 다시 글을 쓰면
서 방송을 하는 사람으로 매일을 지낼 수 있게 되었다.

가끔은 생각한다. 캥 언니가 저렇게 웃기지 않았더라면, 지
옥의 작가 막내 시절에 떡 진 머리를 하고는 배시시 웃지 않았
더라면, 백수 시절을 웃으면서 넘어보자는 발상에 동의해주지
않았더라면… 나는 지금의 나로 지낼 수 있었을까. 지금까지

캥 언니 옆에서 배 찢어지게 웃으면서 뭐라도 되겠지 생각하며 살 수 있었을까.

나는 캥 언니가 정말 좋은 뗏목 메이트라고 생각한다. 내가 뗏목에 있다는 불안감을 느낄 때쯤, 일단 누워서 하늘을 보게 만드는 사람. 어차피 당장 할 수 있는 게 없다면 눈앞에 있는 가장 즐거운 풍경을 펼쳐놓는 사람. 웃다가 까먹고, 웃다가 까먹고 그러면서 지내다 보면 자연 소멸하는 고민거리가 있기도 하고, 웃기는 걸 추구하면서 일단 되는 거부터 하고 살다 보면 길이 열리기도 한다는 걸 알려준 사람. 타고난 예능 제작진. 덕분에 표류하던 내가 언니와 같은 길 위 출발지에서 이렇게나 멀리, 내 나름의 속도와 걸음걸이로 걷고 있다.

"근데… 나 비혼세 게스트로 계속 나오다가 결혼하면 어떻게 되는 거야?"
"비혼세 이름으로 화환 보내주지. '그는 좋은 게스트였습니다…'"
"진짜 웃기겠다. 근데 사람들이 뭐라고 하진 않을까?"
"뭐 어때, 웃기잖아. 그 주에 출연시켜서 놀려야지."

결혼으로도 웃길 수 있을 것이다, 캥 언니라면. 뭐라도 될 것이다.

\\|/

모르는 개와
비행기를 탔다

회의가 사라지고, 혼자 하는 일로 전환된 이 주. 제주에 와 있게 되었다. 1인분의 삶이라 좋은 점은 언제든 내가 원할 때 혹은 여건이 될 때 원하는 곳으로 가서 지낼 수 있다는 점이다. 같은 이유로 언제든 나를 들일 수 있는 좋은 언니들의 집에 얹혀 지내면서 일도 하고 맛난 것도 먹고 강아지들을 돌보며 지냈다. 지인의 두 집을 오가면서 총 다섯 마리의 개들과 함께 보냈는데, 마지막 날은 늘 제주에 가면 집을 내어주는 친구, 세 마리 개를 키우는 가수 제아 언니가 서울에 촬영을 하러 간 사이 개 셋(반달, 몽실, 홍숙)을 돌보는 일도 하게 되었다. 당시 홍숙에게는 먹어야 할 약이 있었는데, 제아 언니가 시킨 대로 음식물에 섞어주어도 잘 먹지 않아 고생을 했다. 나중에는 약을 코에 꽁 발라주어 마무리했다. 무던하고 순한 진도 아가는 그 큰 눈망울로 나를 귀찮다는 듯 한 번 바라보고는 코에 묻은 약을 말끔히 먹어주었다.

제주에서 서울로 복귀하는 날, 긴장돼서 잠을 설쳤다. 난생처음 이동 봉사를 하기로 한 날이다. 비혼세를 통해 알게 된 청취자님의 인스타그램 피드에서 발견한 것인데, 구조한 어린 강아지들을 서울에 있는 임보처로 보내야 한다며 이동 봉사자를 찾고 있었다. '국내에도 이동 봉사가 있구나!' 50분이면 갈 수 있으니 충분히 할 수 있을 거란 생각이 들었다. 설레는 마음으로 이른 시간에 공항에 도착해 밥도 든든히 먹었다. 짐을 보낼 때 강아지를 함께 수속해야 하기 때문에 카운터 앞에서 만나기로 약속을 잡았다.

멀리서 나를 알아보고 누군가 다가왔고, 강아지를 보자마자 이동 봉사자라는 걸 알 수 있었다. 3개월 진도믹스 아기 '봄이'. 아직 아가지만 중형견으로 자랄 아이이기 때문에 품에 꽉 차게 안길 만큼 컸다. 검은 마스크에 검은 옷을 입고 온 게 마음에 걸렸다. 이 아이가 구조되기까지 어떤 복장의 사람이 어떤 상처를 줬는지 알 수 없기 때문이었다. 반려견 동반 서약서를 쓰고, 아이의 무게를 재고 나서 내 짐을 보냈다. 티웨이항공을 이용했는데, 반려동물 용품이 샘플로 담긴 선물과 아이의 이름으로 된 선물용 항공권도 하나 주었다. 내 항공권과 함께 3개월 된 아가, '봄이'의 항공권이 함께 나왔다.

원래 반려동물용 종이 박스에 들어가야 했지만 봄이는 거기 들어가기에 너무 컸다. 넘치게 크지는 않지만 너무 꽉 맞는 사이즈여서 저 정도 사이즈라면 앉지도 돌아눕지도 못할 것 같았다. 이동 봉사자님이 봄이를 데리고 올 때 썼던 이동 가방째로

기내로 이동하게 되었다. 알고 보니 이동 봉사자님이 봄이의 구조자이기도 했는데, 이젠 제법 뽀송하고 건강해진 아이를 쓰다듬으면서 조심히 가라고 이야기를 하는 동안 왈칵 눈물이 날 것 같았다. 잠시 만났던 인연이 이렇게 또 멀어지는구나. 게이트로 봄이를 안고 이동하면서 생각했다.

봄이를 안고 이동하는 내내 공항 직원들은 봄이가 예뻐서 어쩔 줄 몰랐다. 봄이를 이동 가방에 넣고 지퍼로 잠근 채 검색대를 통과시켜야 했는데, 들어갈 때와 나올 때 다른 구역에 있는 직원들이 작은 소리로 탄성을 내며 봄이를 환영해주었다. 그중 누구도 큰 소리를 내거나 함부로 만지지는 않아서 고마웠다. 봄이는 도착했을 때부터 떨고 있었고 이동 가방도 익숙지 않아 보였다. 나는 기내에 들어가기 직전까지 봄이를 품에 안고 탑승 대기를 했다.

"괜찮아, 괜찮아. 얼른 가자, 봄아."

봄이를 끊임없이 쓰다듬으면서 말을 걸었다. 말이 통하지 않는 존재를 낯선 상황에서 안심시키려면 뭘 해야 할까. 내가 봄이를 안고서 했던 말은 너무 작고 무력한 존재를 안고 어쩔 줄 모르고 있는 나를 향한 말 같기도 했다. 사람들이 들어가기 시작했지만, 줄을 서려면 일단 아이를 이동 가방에 넣어야 한

다음엔 꼭 집까지 가자...

다는 게 속상해서 한동안 안고 있었다. 줄이 짧아질 때쯤, 이동 가방에 아이를 넣고 기내로 이동했다.

"이륙할 때부터는 발아래 두셔야 해요."

다행히 승무원들은 이륙 전까지 봄이를 옆자리에 두는 나를 배려해주었다. 머리만 겨우 나올 수 있는 공간을 열어놓고, 봄이와 눈을 마주치면서 봄의 등이 닿아 있는 가방 위에 손을 두고 있었다. "괜찮아, 괜찮아." 몇 번의 '괜찮아'를 하고 나서, 이륙 시간이 다가왔고, 나는 지퍼를 잠갔다. 계속 목에 힘을 주고 가방에 머리를 넣지 않으려는 봄이가 마음 아팠지만 안전을 위해 할 수 있는 일을 해야 했다. 애초에 계속 잠근 채 대기했어야 하지만 너무 떠는 아이를 안심시키느라 열어둔 참이었다. 가까스로 이동 가방을 완전히 잠그고, 나는 아이를 발밑에 두게 되었다.

이륙 시간, 굉음과 진동에 아이가 놀라서 잠시 엎치락뒤치락 움직였다. 나는 항상 이륙 때 자는데, 나와 봄이에게 가진 정보량의 엄청난 차이 때문에 봄이에게 그런 일은 일어날 리 만무했다. 지금 어떤 공포 속에 있을까 생각하니 막막해졌다. 아이가 또 등을 세우고 이동 가방을 불룩하게 만들면 등에 손을 대고 쓰다듬어 주기를 여러 번 반복했다. 겨우 이류의 끙음이 사라지고, 봄이가 이동 가방 안에서 움직이기 시작했다. '봄아, 제발 포기해줘!' 생각했다. '체념해줘. 여기서 나갈 수 없다는 걸 50분만 받아들여줘.' 나는 봄이가 등을 세울 때마다 손바닥을 대고 텔레파시를 보냈다.

'봄아, 50분만. 우리 50분만 잘해보자.'

그러다 내 쪽으로 방향을 튼 봄이의 눈이 나와 한참 눈을 마주쳤다. 이동 가방 안의 망을 사이에 두고 나와 봄이는 최소 8~9초는 서로를 바라보았다. 검은 마스크를 쓴 데다 원래 눈매가 매서운 편인 나는 봄이가 겁먹은 상태면 어쩌지 걱정되었다. 한동안 극복하고 살았던 외모 콤플렉스가 부활했다! 나는 왜 박보영, 수지가 아닌가? 나는 왜 눈으로만 웃어도 순둥순둥 마음의 안정을 주는 인상을 갖지 못했는가? 나는 최선을 다해 눈으로 웃었다. 조용히 고개를 위아래로 끄덕여도 보고, '오구 오구, 괜찮아'를 눈빛에 담아 보냈다. 하지만 봄이는 나와 종이 다르잖아. '끄덕끄덕'을 호의로 받아들일까? 공격의 표시로 받아들이면 어쩌지? 막막하네, 나는 왜 개가 아닌가?

봄이가 이번엔 고개를 쭉 뽑아 이동 가방 망이 불룩해지도록 머리를 꼿꼿이 세운 채 나를 바라보았다. 나는 망 위로 봄이의 머리를 쓰다듬으며 계속 '오구오구, 그래그래' 했다. 봄이는 한참 그대로 있었다. 알아들은 것 같아! 그런데 곧바로 고개를 돌리길래 '역시 틀렸구나' 하는 순간, 좁은 이동 가방 안에서 우당탕탕 움직이더니 나와 마주 보도록 몸을 동그랗게 말고 앉았다. 감격! 그러고도 나를 한동안 바라보았다. 포기한 것인지, 아니면 이제 안심해도 되겠다 싶었는지 봄이는 다시 돌아서 몸을 웅크렸다. 그리고 턱을 바닥에 떨어뜨리고 "휴." 한숨을 쉬었다. 됐다! 심호흡 크게 했으니까 큰 고비는 넘겼어.

아가, 너의 운명은 무엇이길래 이렇게 너의 눈빛에 일희일비하는, 아마추어스럽기 짝이 없는 이동 봉사자를 만났는가? 김포에 도착하기 전까지 공중에 뜬 상태로 서로에게 둘뿐이라니. 너는 왜 이리 어리고 여리며 나는 왜 이리 어리바리한가. 네가 짖으면 어쩌나 걱정을 하며 공항에 왔는데 지금 너를 보니 요것이 짖을 줄이나 아나 싶다. 너는 너를 보호할 최소한의 의사 표현도 할 줄 모르는 채 나와 함께 하늘을 날고 있는 것이다.

그리고 잠시 후, 착륙 안내가 들려왔다. 착륙이라니! 우리 애가 바닥에 있는데. 올라가는 것도 무서웠는데 착륙할 땐 또 얼마나 무서울까. '기장님, 제발 세이프 랜딩 부탁드립니다. 깃털에 내려앉듯이 사뿐히 안착해주세요. 대신 다음에 제가 비행기 탈 때 '디스코 팡팡'처럼 두 배 격하게 랜딩해도 좋아요. 저는 사람이니까요. 무슨 일이 일어나는지 알고 있는 사람이니까요. 봄이는 지구가 멸망하는 중인 줄 알지도 모른다고요, 제발 세이프 랜딩!'

비행기는 무사히 착륙했고, 봄이가 조금 놀라긴 했지만 일단 나는 착륙 후에 봄이가 탄 이동 가방을 발아래에서 내 무릎 위로 올려둘 수 있다는 생각에 들떴다. 기체가 멈추고, 나는 가방을 올려 무릎 위에 두었다. 봄이가 빼꼼, 머리를 내놓을 수 있도록 지퍼를 열어 창밖을 볼 수 있도록 했다. 다행히 봄이는 이제 떨지 않았다.

"잘했어, 잘했어!"

봄이의 머리를 쓰다듬으면서 말해주었다. 이것도 나한테 하는 말인지도 몰랐다. 3개월 인생, 죽을 고비도 넘기고 구조된 후에도 계속되는 이별을 겪고 있는 봄이가 비행마저 해야 하다니. 마음이 쓰렸다. 이 아이에게 일어나는 것 중 아이가 납득하는 것은 몇이나 될까.

"우린 조금 천천히 내리자."

안전벨트 사인이 꺼지고, 사람들이 일제히 일어섰다. 그 행렬에 함께 서 있자니, 앞뒤가 막힌 인파의 저 낮은 곳, 그 답답한 어둠 속에 봄이를 두는 것 같아서 꺼려졌다. 참을성 없는 사람들 사이에 함께 줄을 서느니 사람들이 빠질 때쯤 조용히 데리고 나가기로 마음먹었다. 작고 무력한 존재와 함께 있으니 익숙하게 느꼈던 일상의 풍경이 모두 위협적으로 느껴졌다.

사람들이 빠져나가고, 나는 얼굴을 빼꼼 내놓은 봄이의 이동 가방을 가슴팍까지 올려 안았다. 승무원분들은 봄이를 따뜻하게 바라보며 인사해주었다. 봄이가 불안정하게 이동 가방 안에 서 있는 게 느껴져서, 게이트를 기체와 연결한 통로를 빠져나오자마자 아이를 이동 가방에서 꺼내 안았다. 무빙워크에서 아이를 안고 자세를 잡는 사이, 봄이는 턱을 내 목에 걸쳤다. 순간 왈칵, 눈물이 날 것 같았다. 짧지만 공포스러웠던 시간을 지나오며 우리가 쌓은 아주 작은 믿음을 발견해서이기도 하고, 또한 이 아이가 드디어 마음을 열어준 나마저 곧 그를 떠날 것이기 때문이기도 했다. 짐을 찾으러 게이트로 가는 한 걸음 한 걸음이 봄이와의 이별에 가까이 다가가는 일이었기 때문이었다. 품을 파고드는 아이와 멀어지려 걸어 나가는 나. 내 신경과 근육이 다른 마음과 목적을 가지고 움직이고 있었다. 내 몸 안에 있는 커다란 세계가 요동치고 있었다. 이 아이가 잠시 의지하고 있는 나와도 금방 이별해야 하다니. 이 아이의 삶에는 또 몇 번의 이별이 기다리고 있을까.

"우리 봄이 좋은 집에 꼭 가게 될 거야."

마지막으로 또 한 번, 나는 봄이를 품에 안고 봄이를 경유해 나에게 말을 건넸다. '봄이는 좋은 집에 가게 될 거야. 그러니까 너무 슬퍼하지 말자.' 짐을 찾고 봄이를 안고서 게이트 밖으로 나갔다. 임보처까지 봄이를 데려다줄 이동 봉사자님이 때맞춰 게이트 앞으로 다가왔다. 나를 데리러 가족이 나와 있었지만 경황이 없어 전화를 받지 않았다. 이동 봉사자님께 봄이를 안겨주었다. 공항 앞은 오랜 시간 정차할 수 없어 짧은 인사를 했고, 그 인사가 길었던들 그건 나만을 위한 것이었을 테다. 나는 봄이가 스쳐간 사람 중 한 명이 되어 그제야 핸드폰을 확인하고 내 가족에게 돌아갔다.

그러고서 며칠, 나는 봄이에 대해 생각했다. 그러면서 내 삶에 대해서도 생각했다. 봄이를 내가 키울 수는 없을까. 키울 수 없다. 내가 봄이를 키울 수 없는 이유는 내가 제주에 올 수 있었던 이유와 같다. 나는 1인 가구 중에서도 집에 머무는 시간이 짧고, 해외를 포함한 출장도 잦고, 불규칙한 생활 패턴을 가지고 있고, 봄이를 키우기에 적합한 주거 형태도 아니며 이 건물에는 반려동물이 살 수도 없다. 그런 삶이 어떤 때는 나를 행복하게 하지만, 어떤 때는 나를 슬픔 속에 남기기도 한다. 우리는 각자의 삶의 모습을 두고 옳고 그름을 따지거나 우열을 가릴 수 없지만, 때로는 스스로 선택한 삶이 남기는 슬픔과 아쉬움에 대한 책임을 져야 한다. 결혼을 했든 안 했든, 프리랜서든 정규직이든 자신이 선택한 짐을 그런 식으로 짊어지면서 살아가야 한다.

인스타그램을 통해 봄이의 소식을 알 수 있었다. 큰 정원에 봄이와 잘 놀아주는 다른 개가 있는 임보처에서 마당을 뛰어놀며 주인을 기다리고 있었다. 그 모습을 보고 있으니 마음이 나아졌다. 물론 한편으로는, 그곳이 어디까지나 임시 거처라 그 집과도 이별해야 한다는 사실에 서글픈 기분도 들었다. 그렇지만 그런 좋은 이모 삼촌들이 봄이에게 이어지는 중이라는 것을 기억하면 약간의 위안이 되었다.

삶은 다양하고, 모두가 반려동물의 평생 반려인이 될 수는 없지만 세상은 언제나 좋은 이모 삼촌을 필요로 한다. 내 조카들이 마트에서 길을 잃었을 때 자기 시간을 기꺼이 내주고 양육자를 함께 찾아주는 삼촌. 기혼 유자녀 양육자와 대부분의 시간을 보내지만 가끔 나타나 비혼의 삶도 보여주어 언젠가 때가 왔을 때 후회 없는 선택을 하도록 샘플이 되어주는 이모. 당장 한 아이의 삶을 온전히 책임질 순 없지만 최대한 많은 아이가 좋은 가족을 찾을 수 있도록 이동 봉사를 하고 임시 보호를 해주는 이모 삼촌들. 우리는 각자의 자리에서 각자의 삶을 책임지면서 그 삶이 안기는 수많은 슬픔과 결핍들을 각자의 방식으로 해결해가며 함께 살아가는 것이다.

짧았던 봄이와의 만남은 나에게 새로운 가능성을 꿈꾸게 해주었다. 앞으로 클라이언트를 고르고 내 삶을 꾸려가는 과정에서 누군가와 함께할 수 있는 공간을 조금씩 만들어가면 어떨까. 당장 가족을 들이지 못하더라도, 짧다면 이 주에서 길다면 몇 개월이라도 몸을 누이고 인간과 함께하는 삶을 배울 공간이 필요한 아이와 함께할 수 있는 공간을 목표로 내가 할 수 있는 선택은 어떤 게 있을까. 뛰어놀 거대한 정원은 없더라도, 매일 산책을 하고 시간을 보낼 수 있는 프로젝트를 생각해낼 수 있지 않을까. 봄이는 잠깐 동안 내 품에 와서 내 안에 있는 줄도 몰랐던 어떤 것을 일깨워주고 떠났다. 봉사는 내가 아니라 그 작고 무력한 존재가 나에게 와서 한 것인지도 모른다. 그래서 이 이야기를 나눈다.

당신에게도 그런 기회가 찾아오기를, 아직 찾아오지 않았다면 한번 고개를 빼고 두리번거리며 찾아보시기를.

원고를 쓴 지 3개월 후, 봄이는 미국에서 평생 가족을 찾았다. 봄이의 주인과 인스타그램으로 인연이 이어져, 거실 소파에 벌렁 드러눕거나 잔디를 뛰노는 봄이의 모습을 볼 수 있었다. 긴 비행을 견뎌준 봄이가 기특하고, 평생 가족으로 봄이를 품어준 분들과 봄이가 긴 비행을 견딜 때까지 가족으로 있어준 임보처분들께도 너무나 고맙다. 구조 후 입양까지 오랜 시간이 걸리는 아가들도 많은데, 조바심 가득한 마음으로 적었던 원고가 책으로 나오기 전에 가족을 만났다는 사실이 기쁘다.

구조, 임보, 양육에 비하면 이동 봉사는 한참 작은 일이지만 작은 일이니까 누구든지 쉽게 할 수 있다. 이동하지 않는 일이 사람의 생명을 구하는 시대에 살고 있지만, 꼭 이동해야 한다면 다른 생명을 구하면서 할 수도 있다. 나도 했으니 누구나 할 수 있다. 여행이나 이동할 일이 있다면, 한번쯤 #이동봉사 등의 키워드를 검색해서 소중한 털친구들의 세계를 바꿔보는 건 어떨지?

\\|/

네가 죽는다면

"우리 연락 자주 하고 지내자."

준연 언니는 매거진에서 오래 일했다. 많은 아티스트가 세상을 떠나갈 때, 준연 언니는 여러 번 무너지는 마음을 안고 말했다. "민지야, 우리 연락 자주 하고 지내자. 알겠지?" 그리고 이 주 전, 언니의 20년 지기 친구가 세상을 떠났다고 했다. "우리 연락 자주 하고 지내자." 오랜만에 그 말을 또 들었다. 준연 언니는 내가 밥때를 넘겼다고 하면 집으로 불러 밥을 먹인다. 밥이야 내가 배달시켜 먹어도 해 먹어도 그만이지만, 나는 언니와 이야기하고 싶은 마음에 밥에 기대어 밤늦게라도 언니의 집으로 향한다. 언니는 언니만의 작은 부엌에서 야무진 한식 한 상을 차려낸다. 나는 본가에 가서 막내딸 역할을 수행할 때처럼 군말 없이 그 밥을 싹싹 비우고 당연한 도리로 설거지를 한다.

설거지를 하고 언니의 침대에 누워 빈둥대면서, 나는 언니의 국 냄비를 멍하니 보고 있었다. 혼자 살면서도 언제나 커다란 냄비에 국을 끓이는 언니는 새로운 국을 끓이면 찍어서 SNS에 올린다. 먹으러 올 친구는 언제든지 연락하라는 코멘트와 함께. 언니네 집에서 언니가 지은 밥을 자주 먹는 친구들은 신메뉴를 맛보고 싶은 기대를 담아 댓글을 단다. 우린 언니 집에서 밥을 차려 먹고 밤을 새고 각자의 일을 하기도 하는데, 언제나 서너 개의 일을 숙제처럼 안고 하루를 살아내는 언니가 주변 친구들 밥까지 챙겨 먹이는 것은 신기하기도 하고 대단하기도 하다.

언니는 자고로 국이란 크게 한 솥 끓여야 맛있지, 라면 냄비만큼 1인분 끓여서는 맛이 안 산다고 하지만, 내게 그 큰 손은 사람 좋아하는 언니가 언제든 따뜻한 밥 한 끼는 먹일 수 있도록 준비하는 마음처럼 느껴진다. 심심하다고 해도, 속상한 일이 있었다고 해도, 아니면 그냥 '뭐 해?' 물어도 언니는 구구절절 다른 걸 묻지 않고 "우리 집에 밥 먹으러 와. **국 해놨어." 한다. 밥을 먹고, 부른 배를 쓰다듬고, 설거지를 하고 배 터지겠다면서 같이 누워 있으면 그때부터 시시콜콜 사는 얘기들을 주고받는다.

나의 섣부른 생각일 수 있지만, 언니는 잃은 사람들을 떠올릴 때 '밥이라도 한 끼 챙겨 먹일걸.' 생각했을지도 모르겠다. 그리고 그런 마음으로 다른 건 몰라도 밥 한 끼는 챙겨 먹이려고, 커다란 냄비 가득 관심을 끓여두는지도 모른다. 각자의 상황이 달라도 밥 먹자고 불러두면 식사든 불평이든 상담이든 하게 되니까. '그래도 내가 밥은 챙겨 먹었다'는 소소한 위안이 생길지도 모르고. 나는 언니가 미리 끓여둔 마음을 박자에 맞춰 야무지게 싹싹 비우고 거대한 국 냄비를 보면서 저기 담긴 이야기들을 생각한다.

둘 다 엔터 업계와 관련된 일을 해서인지 우리는 많은 죽음을 듣는다. 스쳐간 사람도 있고 서로 언니 동생 하던 사람도 있고 직접 만나지는 않았지만 자주 이야기를 전해 들은 동료도 있다. 어떻게든 연이 닿은 적이 있고 화면 밖의 모습을 마주한 적 있는 사람이 스스로 삶에서 퇴장할 때, 일부 사람들이 그 죽음을 얼마나 납작하게 만드는지 매번 실감한다. 카카오톡에는 "이 사람 **해서 죽었다는 거 진짜야?" 하는 메시지가 쇄도하고, 대부분의 그런 메시지에는 "민지야, 너 괜찮아? 함께 일한 적 있잖아." 하는 이야기가 선행되지만 그런 덧말이 붙는다고 해서 그의 죽음을 호기심으로 바라보는 시선이 감춰지진 않는다. 오히려 그런 이야기가 앞에 붙으면 나의 심정에 대한 우려마저 가십에 대한 호기심이 이겼다는 걸 목격할 뿐이다. 내가 세상을 스스로 떠난다 해도 (단언컨대 그런 일은 생기지 않을 것이다. 사랑하는 사람들이 글을 읽다 마음이 철렁할까 봐 굳이 덧붙인다.) 누군들 그 이유를 알 수 있을까? 심지어 한 달 전의 나도 그 이유를 추측하기 어려울 텐데, 사람들은 인터넷 기사난이 마치

상품을 주는 스피드 퀴즈라도 되는 양 열과 성을 다해 스포츠처럼 그가 죽은 이유를 떠든다. 죽어서도 죽음 그 자체까지 소비되는 삶이란 뭘까 생각한다.

얼마 전 세상을 떠난 다른 유명인을 보내면서 그와 밀착해 일했던 내 친구 L이 말했다. "밥이라도 한 끼 같이 먹을걸." 현실의 일부를 공유한 사람이 그 죽음 앞에서 할 수 있는 말은 그 정도뿐이다. 우리는 너무 다양하고, 입체적이고, 우리 머릿속 거대한 우주에서는 너무 많은 일이 일어나므로 우리는 무엇이 그가 삶을 찢고 나가게 만들었는지 절대로 맞힐 수 없을 것이다. 그래서 자꾸 스스로를 돌아보고, 내가 안 한 것을 생각하고, 내가 할 수 있었다고 믿는 것을 자꾸 리스트에 추가하면서 스스로를 괴롭힌다.

친구들과 유서 이야기를 한 적이 있다. 사람 일은 어찌 될지 모르니 다 함께 유서를 써보자고. 민감한 경제적 부분은 가린 채고 서로 원하는 부분까지 공유하고, 결과물은 믿을 만한 누군가에게 보내놓는 것으로 삶과 죽음을 마주해보자고.

나의 경우, 다른 건 몰라도 준연 언니의 밥은 참 따뜻해서 좋았고, 미처 못 챙겨준 밥을 후회하지 말아달라는 말은 꼭 쓰려고 한다. 다른 이들에게도 나와 관련된 어떤 것도 후회하지 말아달라고, 그리고 각자 적당한 거리와 보폭으로 있어주어 사는 동안 나는 참 안온했다고 말해주어야지. 나와 '한 끼 할걸.' 하는 생각이 들었으면 그 마음으로 스스로에게 따뜻하고 맛있는 밥을 사주면서 나의 식탐을 기억해달라고도.

주변 사람들이 죽지 않았으면 좋겠다. 그 주변에는 글로 마주친 인연도 포함되니까 당신도 그랬으면 좋겠다. 죽고 싶은 와중에 이런 책을 만나 이런 문장을 마주하게 된 것은 그것대로 삶이 해둔 알 수 없는 계획일 거라고 믿어주었으면 좋겠다. 일단 죽지 않았다는 것만으로 이미 바닥을 친 내 삶은 반등 중인 거라고 믿어주었으면 좋겠다. 수많은 밥들과 빛나는 밤들이 기다리고 있을 거라고, 그걸 빠른 시일 내에 만끽하는 확실한 방법은 일단 하루 더, 또 하루 더 사는 것이라고.

그리고 언니, 우리 연락 자주 하고 지내자.

\\|/

나의 안쪽
할머니

엄마 쪽 할머니는 현재를 포함해 내가 기억하는 평생을 귀엽다. 작고, 귀엽고, 지혜롭고, 사랑이 많다. 할머니에게는 네 명의 자식이 있고 그 밑으로 손주가 일곱 명이 있다. 우리는 자주 보지 못하지만 만나면 항상 즐겁게 지내는데, 다른 친척들은 약간씩 친밀도의 편차가 느껴지지만 유독 할머니는 모두가 사랑하고 또 할머니도 모두를 사랑했다. 조카가 두 명이 된 이후로 혹여 내 애정이 한 아이에게 기울어져 보이면 어쩌나 전전긍긍하는 입장에서 그 많은 손주들 모두가 할머니에게만큼은 사랑받고 있다고 느끼게 한 건 어떻게 해낸 일인지 새삼 궁금해진다.

우리 엄마는 아들, 첫딸, 막내딸도 아닌 일명 '낀 딸'이고, 나는 일곱 명의 손주들 중 다섯 번째인데, 할머니를 만나면 누군가 사이에 줄 서 있다는 느낌 없이 언제나 충만한 사랑을 느꼈다. 작은 체구에서 사랑이 뿜어져 나오는 사람, 할머니는 그런 사람이다. 외할머니의 '외' 자가 '바깥 외' 자이고, 엄마 쪽 할머니이기 때문에 더 먼 할머니로 차등을 둔 단어라는 걸 알게 됐을 때 나는 외할머니라는 말을 자제하게 되었다. 단순히 불평 등하기 때문만이 아니라, 그냥 틀리기 때문이다. 내게 있어 '바깥 할머니'는 내 할머니를 묘사하지 못하는 단어다. 할머니의 팔 안에서 커서 지금은 팔 안에 할머니를 안는 사람으로서, 바깥과 관련된 모든 말은 할머니와 무관하다고 느낀다.

할머니는 우리 엄마만큼이나 파워 결혼주의자다. 얼굴도 모른 채 할아버지와 십 대 때 결혼을 해서 살았는데, 할아버지가 돌아가시면서 두 분의 결혼 생활이 끝나는 날까지 비교적 친밀하고 즐거운 결혼 라이프를 사셨다. 할머니는 나처럼 신발 사이즈가 유별나 사기가 쉽지 않았는데(나는 너무 커서, 할머니는 너무 작아서), 할아버지는 어딘가 다녀오시는 길에 유별나게 작아 보이는 신발이 있으면 사 와서 할머니에게 꼭 건넸단다. 다시 태어나도 할머니랑 결혼할 거라고 했다고 했다. 사랑해서 결혼해도 그 마음을 이어가기 어려운데, 이런 일은 로또 같은 일이라고 생각한다. 할머니에게 할아버지를 얼마나 사랑하냐고 직접적으로 물어본 적은 없지만, 할아버지는 정중하고 키가 크고 일단 얼굴이 잘생겼었기 때문에 할머니도 할아버지기 얼굴을 오픈했을 때 피차 로또 맞은 기분이 아니었겠나 짐작할 뿐이다.

언제나 손을 꼭 잡고 다니던 두 사람은 내가 수능을 칠 즈음 할아버지의 폐에 암이 발견되어 입원하시고, 수능을 친 내가 부산에서 올라온 지 얼마 안 되어 돌아가시면서 완전히 이별했다. 나는 내 학업 때문에 엄마로부터 당신의 아버지와 충분한 이별을 할 시간을 빼앗았다는 생각에 한동안 괴로웠다. 운 좋게 할아버지의 임종을 지킬 수 있었는데, 세상을 떠나는 사람은 귀가 가장 마지막에 닫힌다는 속설에 의지해 할아버지의 귀에 열심히 속삭였다.

"할아버지, 저는 걱정하지 마세요. 저 때문에 우리 엄마 자주 못 봐서 죄송해요. 저 때문이에요."

할아버지는 그런 내가 기특했는지, 언젠가 꿈에 나왔다. 할아버지가 은퇴 후 경비원을 하시던 시절 자주 입던 파란 체크무늬 재킷을 입고, 가족 모두가 탄 봉고차에서 건강한 얼굴로 "고향에 간다, 민지야!" 하셨다. 할아버지 이제 아프지 않냐고 하니 전혀 그렇지 않고, 기분이 참 좋다고 하셨다. 엄마에게 그 꿈을 말했을 때, 엄마는 작은이모도 똑같은 꿈을 꿨다고 했다면서 울었다. 사후 세계라는 게 실제로 있을지도 모른다고, 나는 그때 처음 생각했다. 엄마는 꿈에 나와주지 않는 아버지가 야속하다고 하면서도 나를 예뻐한 게 행복하다고 했다. 할머니 꿈에는 나왔을까? 궁금했지만 할머니가 너무 슬플 것 같아 굳이 말하지 않았다.

할아버지의 장례를 현충원에서 치르면서, 할아버지의 납골분을 땅에 묻을 때도 할머니는 거기 계셨다. 엄마는 귀가 잘 안들리는 할머니에게 허리를 숙이고 "엄마, 아부지 옆에 빈 공간보이지? 여기 엄마 자리야. 돌아가셔도 같이 오실 수 있어!" 하고 소리쳤고 할머니는 엄마를 안심시키듯 고개를 끄덕이며 "그래그래." 했다. 표정이 일그러지진 않았지만 할머니는 눈물을자주 훔치셨다. 그 담담한 이별이 슬펐다. 할머니는 그런 사람이었다. 낭만적이지만 현실적이고, 체구는 작지만 단단한 사람.몸이 약하고 잔병치레가 많았던 할머니는 우리 엄마가 중학생일 때부터 돌아가실까 봐 모두를 걱정시켰지만, 정정했던 할아버지를 보내고 곧 100세를 바라보며 사신다. 할머니가 오래 못사실지도 모른다는 말을 평생 듣고 살아서인지, 나를 포함한손주들은 할머니를 만날 때마다 그 작은 체구를 꼭 품에 안았다. 몇십 년을 반복하는 일인데도 할머니는 새삼스럽게 행복해하시며 "늙은이가 뭐 그리 좋나?" 하셨다.

할머니는 나의 결혼에 대해 훈수를 두어도 나의 반발을 사지 않는 유일한 인물이다. 다른 친척들이 결혼 이야기를 하면,나는 하나도 재미없는 그 토크 아이템을 꺼내는 지루함에 마음속으로는 점수를 깎고 겉으로는 불편한 티를 드러내놓고 냈다.하지만 할머니는 달랐다. 상대가 나를 사랑한다는 사실에 대해 확신이 있다면 같은 텍스트의 말도 얼마나 다르게 느껴지는지, 나는 할머니를 통해 배웠다. 명절 때 친척들이 듣기 싫은 소리를 할 때 우리가 빡치는 이유는, 결국 나는 그 양반이 싫기 때문이다. 그래서 그 양반이 별로인 것이다. 상대가 애초에 이 정도의 마음을 가지고 있는데 눈치 없이 대학입네, 결혼입네, 출산입네 하며 인생의 내밀한 문제를 취향대로 던지기 때문에. 떼잉, 센스 없어.

"민지 너는 시집 안 가나? 남자친구도 없나?"

질문에 화가 나지는 않지만 대답은 할머니만큼 따박따박 했다. 할머니에게는 질문할 자유가 있고 나는 대답할 자유가 있으니까, 서로를 평등하게 사랑하는 우리는 눈을 맞추고 이 이야기를 나눈다. 상황에 따라 다르지만 "안 할 거고, 있어요." 혹은 "안 할 거고, 없어요."를 꼬박꼬박 대답했다. 할머니는 내가 결혼을 안 할 거라고 하면, 언제나 "너 올해 몇 살이나?(할머니는 할머니 특유의 충청도 사투리를 쓰신다. 나는 부모님 모두가 충청도 출신이고 나도 대전 출신이라 충청도 사투리에 친근한데, 할머니의 그것은 참 독특하다.)" 하고 물으신다. 스물여섯이요, 서른이요, 서른넷이요, 서른일곱이요…. 내 나이를 언제 터놓아도 할머니는 십 년을 넘게 같은 반응이다. 눈을 동그랗게 뜨고 숨을 거칠게 들이마시면서 경악하신다. 손녀 나이가 벌써 이렇게 많다는 사실에 한 번, 그런데 결혼 생각이 없다는 대답에 또 한 번. "그럼 할머니는 연세가 몇인데? 히익! 그렇게 많아?" 나는 할머니의 나이에 똑같이 반응하는 것으로 콤비 같은 대화를 주고받는다.

얼마 전 할머니를 만나러 갔을 때, 마음과 몸이 점점 쇠약해지고 있는 할머니는 울먹이셨다. 죽기 전에 못 볼 줄 알았는데 늙은이를 만나러 또 왔냐고 하시면서. 자주 듣는 말이어서 "안 죽지. 우리 할머니는 '죽네, 죽네.' 하면서 절대 안 죽지." 하고 꼭 끌어안았다. 할머니는 "너 만나는 남자 없나? 결혼 안 하나?" 하고 물었다. 나는 언제나처럼 "없고, 안 할 거야." 하고 대답했다. 할머니는 왜 결혼을 안 하느냐고 물었다. 나는 레퍼토리를 조금 바꿔서, "결혼이 그렇게 좋으면 할머니 해. 할아버지 돌아가셔서 이젠 할 수 있잖아." 했다. 귀가 좋지 않아 여러 번을 반복하고 나서야 알아들은 할머니는 나를 흘겨보면서 껄껄 웃었다.

"시집을 안 가도 좋나?"

처음 듣는 질문이었다. 생각해보면, 결혼을 왜 안 하냐는 친척들이나 '나도 너처럼 결혼을 안 하고 살걸 그랬다'는 친척은 있었어도 할머니처럼 "결혼을 안 해도 좋나?"라고 순수하게 질문한 사람은 없었다. 결혼하지 않고 사는 것을 상상하거나 지

켜본 적이 없어 비혼 라이프 샘플이 없는 97세의 노인이 눈에
호기심을 담아서 물었다.

"좋지, 그럼. 할머니도 다음에는 안 하고도 살아봐. 결혼한
거랑은 또 다른 재미가 있어."
"좋나?"
"나? 응, 나 지금 좋아."

작년 이맘때쯤 했던 이 대화 이후, 할머니는 나를 오랜만에
만나면 "결혼 안 하나?"라는 질문 대신에 "좋나?", "재미있나?"
하고 물으신다. "응, 나 요즘도 좋아." 하면 할머니는 "아이고~"
하고 알사탕 같은 두 광대를 반짝이면서 웃으신다. 파워 결혼
주의자의 눈에 비친 비혼자는 다른 종족 같겠지만, 행복의 조
건이 결혼이라고 믿고 산 사람이 그렇지 않은 사람을 보며 불
안함을 느끼는 이유는 '저 아이가 행복하지 않을까 봐'여야지
나랑 다르게 사는 사람을 견딜 수 없어서선 안 된다. 후자에
해당하는 사람들이 비혼을 후려치고, 결혼의 장점을 나열하고,
내 삶을 철없다고 격하하는 동안, 내가 태어난 순간부터 온 피
부와 촉감과 마음으로 나를 사랑해준 할머니는 내 삶의 안위
를 걱정한다. 그래서 결혼에 더 매달리지 않고 내가 행복한지
를 체크한다. 타투한 내 팔을 보면서 할머니에게도 있는 문신

255

을 보여준다. 예전에 친하게 지내던 언니들과 까만 점 같은 문신을 했는데, 하나가 흐려진 걸 보니 죽은 것 같다고 했던가. 탈색한 분홍 머리를 하고 가면 머리색이 참 예쁘다고 한다. 아마 할머니는 내가 삭발을 하고 가도 두상이 예쁘다고 머리를 한참 매만질 것이다.

서로를 품에 안았을 때의 그립감과 냄새를 기억할 만큼 살갗을 붙이고 사랑하는 사람들 사이에는 그 사람이 어떤 옷을 입었는지는 중요하지 않다. 220밀리미터짜리 발과 265밀리미터짜리 발, 비혼주의자와 결혼주의자, 여러모로 양극단의 모습을 한 우리는 그런 걸 따질 시간에 서로 한 번이라도 더 끌어안기를 택했다. 점점 할머니의 귀가 들리지 않으면서 대화에 많은 시간이 걸리는 우리는, 볼을 맞대고 손을 잡는 것으로 많은 이야기를 대신한다. 내가 너무 어려 대화하기 어려운 아기였을 때도 아마 할머니가 내게 그렇게 해주어서, 그렇게 배운 대화법이었을 것이다.

할아버지가 돌아가셨을 때, 나는 사랑하던 할아버지가 돌아가신 슬픔보다 더 큰 공포를 안았다. 할아버지가 돌아가셔도 이렇게 슬픈데, 할머니가 세상을 떠나면 얼마나 슬플까. 계절을 넘기며 오랜만에 만날 때마다 나를 품어주었다가 지금은 내 품속에 쏙 안기는 할머니의 몸, 나에게 물려준 귀여운 인디언주

름과 동그란 광대, 큼직하게 고추를 썰어 넣던 할머니표 된장
국, 휴가 가는 길에 찬밥과 먹었던 할머니표 고추잎 장아찌, 언
제나 깔끔하게 두 번씩 접어 주머니에 준비되어 있던 크리넥스
티슈, 짜다는 말 대신 "짜와?"라고 말해서 내가 매일 따라하고
놀리게 만들었던 특유의 말투, 결혼 안 한 손녀의 안위가 궁금
해서 "좋나?" 하고 물을 때 올라가는 이마의 주름. 나는 할머니
의 등을 보면서 조급한 그리움에 사로잡힌다.

"좋나?"
"나? 응, 나 지금 좋아."

할머니가 가르쳐준 대로 지금 좋음에 집중해야지. 작은 양
갱 하나를 사다 드려도 외치는 할머니의 유행어, "아이고 행복
이라!"처럼. 행복을 입 밖으로 내고, 사랑하는 만큼 끌어안고,
난 요즘 참 좋다고 서로를 안심시키면서 그렇게 지내야지.

할머니, 나는 지금 참 좋아. 무엇보다 나는 할머니를 참 좋
아해. 그래서 지금 참 좋아.

\\|/

당신이 뭔데
비혼 얘길 하는 거예요?

팟캐스트 비혼세를 진행하면 많은 이야기를 듣는다. 대부분은 내게 용기를 주는 이야기이고, 아주 가끔 서운함을 말하는 이야기를 듣는다.

- 너무 비혼 얘기만 하는 것 같아요.
- 너무 비혼 얘기를 적게 하는 것 같아요.
- 왜 기혼자 사연을 자주 소개하나요? 기혼자는 비혼자를 좋게 말 안 하는데.
- 비혼 팟캐스트에서 왜 연애 얘기를 해요?
- 최근에 이슈가 된 문제가 있는데, 왜 그건 안 다뤄요?

팟캐스트를 처음 시작했을 때는, 내가 비혼자라고 말하는 일이 이렇게 무겁고 중대한 일인지 몰랐다. 기혼 아니면 모두 미혼으로 칭해지는 것은 결혼하지 않은 상태의 사람을 모두 결혼을 하고 싶지만 '못' 한 사람으로 만들기 때문에, 기혼자 바깥의 모든 사람을 지칭하려면 현재 쓰는 '미혼'의 대체어로서 '비혼'이 더 적합하다는 생각에 동의한다. 그런 의미에서 비혼자

중에는 미혼자도 있겠고, 반혼자도 있겠고, 나 같은 비혼주의자도 있을 것이다. 꾸준히 비혼세에 결혼을 고려 중인 비혼자, 기혼 출신 비혼자, 법적으로 결혼할 수 없어서 결혼하지 못한 강제 비혼자 등을 출연시키는 이유도 거기에 있다. 결혼 바깥의 모든 삶을 소소하게 이야기하면서 나와 다른 삶에서 같은 점을 찾아봐도 재미있을 것 같고 나와 같은 삶인 줄 알았는데 그 안에서의 다양함을 발견하는 기쁨도 나누고 싶었기 때문이다.

여성으로 태어나서 결혼을 하지 않겠다고 선언하는 일은, '너는 여성의 할 도리를 안 하는 것이다', '사회와 시스템에 기여하지 않는 것이다'라는 메시지를 꾸준히 받게 되는 일이기도 했다. 그런데 한편에서는 내가 비혼자로서 할 도리를 다하지 못한다, 진정한 비혼자가 아니라는 말을 듣게 되는 일도 생겼다.

누군가가 자신의 결혼 생활에 대해서 글로 쓰고 사람들에게 선보인다고 가정해보자. 이때, '당신이 뭔데 기혼자의 삶을 나서서 말하는 거예요?'라고 말할 사람이 얼마나 있을까. 내가 나의 어떤 조각을 말했다는 것만으로 사람들이 나에게 대표성을 씌우고 내게 자격이 있는지를 검열하는 것, 그것 또한 하나의 약자성이라는 것을 나는 팟캐스트를 제작하며 배웠다. 누군가는 비혼자가 싫어서 비혼의 이름으로 이야기를 내놓는 걸 거슬려했고, 누군가는 같은 비혼자로서 내가 자신의 틀에 맞는 비혼자가 아닌 것을 거슬려했다. 전자는 차별적인 시선에서 비혼자인 나를 검열했고, 후자는 나에게 거는 기대가 있기 때문에 나를 검열했다.

결혼주의자 중 결혼하지 않은 사람을 견디지 못하고 못된 말을 하는 일부 사람들의 경우 나 역시 그들을 준거 집단으로 느끼지 않기 때문에 무슨 말을 하든 큰 타격이 없었다. 하지만 후자는 달랐다. 나와 같이 결혼을 하지 않기로 결정한 누군가를 찾아 헤맬 때의 외로움, 그런 사람을 만났을 때의 반가움을 모두 깊이 이해하기 때문에 그런 사람들이 나에게 실망했다고 말할 때 그 마음이 공감되는 만큼 아팠다. 그래서 가끔은 전자보다 후자가 더 서운했다. '그래도 나는 당신과 조금이라도 비슷한 구석이 있는 사람인데, 왜 나에게 더 가혹한가요?' 싶은 마음이 들어서. 내게 실망했던 마음과 비슷한 모양의 뾰족한 서운함을 나도 안고, 서로 그렇게 따끔거려 하면서 섭섭해 어쩔 줄 몰랐다.

그래서 가끔은 주눅이 들었다. 내가 가진 특징들이 누군가를 실망시키면 어쩌나 하고. 키가 커서, 혹은 충분히 크지 않아서, 목소리가 커서, 혹은 충분히 크지 않아서, 뭐든 잘 먹어서, 혹은 충분히 뭐든 잘 먹지 않아서, 서울에 살아서, 혹은 서울에 사는 사람답지 않아서… 그래서 실망하면 어쩌지? 비혼 라이프를 방송에서 이야기하고 비혼 라이프에 대한 책을 쓸 '충분한' 자격은 어떻게 하면 얻을 수 있는 걸까? 행사장에서 사람들을 만나면 어떤 표정이 좋을까? 어떤 옷, 어떤 모습? 거기서 어떤 이야기를 하면 좋을까? 어디서든 자주 하는 이야기를 하면 굳이 여기에 와서 들을 이유가 없으니 실망하겠지. 그렇다고 내가 다루지 않던 주제로 이야기를 하면 괴리감이 들어 싫을지도 몰라. 그 적절한 중간 지점은 어디일까? 나는 그걸 찾아낼 수 있을까? 다음 주 방송에선 무슨 이야기를 하지? 방송을 해도 되긴 되나? 말을 할 자격이 나에게 있는 걸까?

그런 생각에 휩싸여 있던 어느 날, 오랜만에 북페어에 나가게 되었다. 독립 출판물과 비혼세의 굿즈를 가지고 나가서 판매를 하는 자리였고, 나는 이 주간 주말 오전 11시부터 저녁 9시까지 자리를 지켰다. 첫날, 쭈뼛쭈뼛 다가오신 손님께서 수줍게 계산을 하시고 돌아서면서 엽서 하나를 주고 갔다. '청취자구나! 내가 어떻게 하고 있었더라. 좀 더 웃을 걸 그랬나. 말을 걸어볼 걸 그랬나…' 여러 가지 생각을 하면서 따뜻한 마음을 눈으로 읽었다. 그리고 그 뒤로, 사 일에 걸쳐서 그런 만남이 자주 일어났다.

어떤 분은 와서 소리를 지르기도 하고, 어떤 분은 열심히 뭔가를 묻기도 하고, 어떤 분은 차마 말을 걸지 못하고 나중에 메시지를 보내주기도 했다. 못 와서 미안하다고 메시지를 보내는 분, 편지를 주시는 분, 제작한 기념품을 주시는 분, 오셔서 책을 많이 사 가는 분 등 마음을 전하는 방법이 다양했다. 키가 큰 사람, 작은 사람, 머리카락이 긴 사람, 짧은 사람, 화장을 한 사람, 안 한 사람, 치마를 입은 사람, 바지를 입은 사람… 모습도 목소리도 다양했다. 제각기 다른 모습을 한 이들이 청취자라고 스스로를 소개하면서 내 앞에 나타나주었을 때, 나는 신기하게 잠시나마 의심했던 스스로를 하나씩 받아들이게 되었다. 그리고 그 다양한 모습과 목소리의 사람들이 공통적으로 '계속 이야기를 해주면 좋겠어요.'라는 글과 말을 건네주었을 때, 나는 그 사람들의 손에 이끌려 문 하나를 열고 나온 느낌이 들었다.

"적절하게 굴어. 적절하게 말해. 그래야 말할 자격이 있는 거야."

그런 압박 속에 입을 틀어 막힌 여자들이 그동안 얼마나 많았는가. 그게 약자성을 지닌 사람에 대한 대표적인 탄압일 수밖에 없는 이유는 모두에게 적절한 존재가 되는 것은 애초에 불가능하기 때문이다. 각자가 생각하는 적절함이란 너무 과하지 않은, '10'이라는 범위 안에서 '2'~'8' 사이쯤에 드는 어떤 성질을 말하는 것이겠지만 그 다양한 방면에서 적절한 사람으로 살자면 모든 교집합을 충족시킬 가능성은 '0'에 수렴한다. 결국 그 무한 교집합은 '4.364' 정도의 굉장히 특정한 인간상에 불과하다는 것을 깨닫게 되었다.

그런데 여러 사람 앞에서 적절한 사람이어야만 말할 수 있는 자격을 얻는다면, 그런 룰이 특정 집단에만 적용된다면 우리는 그것을 약자성이라고 불러야 한다. 불가능한 것을 설정해 두고 거기 도달하지 않는다면 말해선 안 된다고 하는 것은, 너희 모두 입을 닫으라는 말을 얼핏 정당한 요구처럼 들리게 만드는 포장일 뿐이다. 여자애가 나댄다, 기가 세다고 하는 것은 결국 적절해 보이지 않는 여성이 적절해 보이지 않는 주제의 이야기를 적절해 보이지 않는 성량으로 할 때 붙이던 말이니까. 그렇게 우리는 말하던 동료들이 사라지는 것을 목격하면서 나대면 상처받는다는 것을 학습한다. 그러는 사이, 적절 따위는 개나 주라며 자신의 언어에 대한 검열 없이 막 뱉어도 비난받은 경험이 적은 사람들은 신나게 계속 마이크를 쥐고 다수로서, 강자로서 말을 이어나간다. 그러면서 말할 수 있는 집단, 마이크를 쥔 모습이 눈에 익숙한 집단으로서의 스스로를 공고히 다져나간다.

여자애는 적절해야 말할 수 있다는 말이 웃기는 소리라면서, 나 같은 사람도 말 좀 하면 어떠냐고 이야기를 시작했던 나는 내가 약해질 때마다 예전에 학습한 공포에 꿀꺽, 산 채로 잡아먹힌다. 나에게 용기를 준 수많은 목소리가 갑자기 들리지 않고, 오랫동안 사회가 가르치고 주입해둔 어두운 공간에 스스로 돌아와 구석에 가서 쪼그려 앉는 것이다.

'그래, 그러게 왜 떠들어서는. 나를 응원하던 사람마저 내가 적절하지 않다고 말하니까 나는 정말로 별로인가 봐. 그 사람 말고도 나를 그렇게 생각하는 사람이 많을까? 아무것도 하지 않으면 실패할 일도 없지 않을까?'

대략 그런 시점에 손목을 잡혀 문 밖으로 나왔다. 내가 적절함에 꽂혀 잠식되어 있었을 때, 당신이 나타나서 잠시 머무르며 '그냥 계속 말해주세요.' 스쳐가준 것, 북페어에서의 만남은 내게 그런 사건이었다. '나 같은 사람도 말 좀 하면 어때.' 하던 처음의 내 옆에 서서, '네 말이 맞다'고 다독이듯이. 그렇게 스친 다양한 당신을 만나면서, 단 한 번도 당신의 모습이 적절한가를 생각한 적이 없었다. 그저 여기 나타나줘서 고맙다고만 생각했지. 우리에게 중요한 건 그런 사람들 아닌가. 우린 고유하기에 서로를 실망시킬 수 있겠지만, 그렇다고 우리의 목소리가 사라지길 바랐던 사람들이 만들어둔 그 어두운 어딘가로 돌아가서야 되겠나. 그렇게 입을 닫는 건 말하는 나를 받아들여준 사람들에겐 얼마나 서운한 일인가. 나 때문에 서운하다고 말하면서 나를 서운하게 만든 사람들도, 막상 내가 말하지 않길 바라서 한 말이 아니란 걸 나 스스로도 잘 알고 있으면서 돌아가 주저앉는 건 너무 큰 실수 아닌가. 내가 지금 말할 수 있는 이유는, 적절하지 않으면 말하지 말라는 사회의 윽박을 이겨내고 뭐라도 말해온 모난 사람들이 전해준 용기 덕분인데.

　나는 적절하지 않다. 적절하려고 평생 노력하며 살겠지만, 그 적절하려는 노력의 방향과 강도도 적절할 방법이 없으므로 나는 적절한 사람이 아닌 채 평생 살아가게 되겠지. 하지만 말해도 된다. 내 삶을 이야기할 자격은 내가 나에게 주었다면 그만이니까. 비혼자로서 마이크를 쥐기 적절하지 않은 사람이 말하고 있다고 생각한다면, 더 많은 비혼자에게 마이크를 전해주거나 스스로 말해서 비혼 창작자들이 가진 대표성을 희석해주기 바란다. 우리에게 필요한 건 모두가 인정할 수 있는 무적의 슈퍼 비혼자 한 명이 아니라, 어떤 비혼자든 자격을 증명하라는 압박 없이 안전하게 떠들 수 있는 세상이기 때문이다. 그러니까, 나의 농담과 덤덤한 일기가 끊임없이 투쟁과 메시지로 해석되는 피로한 상황을 가끔 맞이하더라도 나는 계속 이야기를 이어나가는 사람이 되고 싶다. 같은 마음으로, 조금 익숙지 않은 이야기를 하는 고유한 타인을 마주했을 때에도 그에게 존재를 증명하라고 하기보다는 현재 그가 내는 용기를 온 마음으로 응원하고 싶다.

　언젠가 북토크에 왔던 독자는, 사귀던 애인이 줬던 러브레터를 작은 상자에 넣어서 차에 넣어뒀다고 한다. 생업에 치이고 많은 사람의 평가에 부딪쳐서 하루 종일 내가 뭐 하고 사나 싶은 날 그걸 열어서 자신을 극찬하는 누군가의 사랑이 듬뿍 담긴 시선에 스스로를 비춰 보고 싶다고. 처음 들었을 땐 너무 청승이 아닐까 생각했지만, 행사가 끝난 마지막 날 마음을 울린 고마운 글들을 대봉투에 담아서 차에 넣어뒀다. 내가 나를 무시할 때, 한심해할 때, 의심할 때, 언제든 열어서 당신이 알아봐준 나의 장점을 다시 찾아내려고. 우리 서로 실망하고 멀어지고 이렇게 주고받은 마음들이 아득한 추억이 되더라도, 삶의 어느 순간에는 이토록 다정한 타인의 뜨거운 글을 받았다는 지워지지 않는 사실을 확인하고 언제든 일상으로 돌아갈 수 있도록.

덕분에 오늘도 잘 말하고 있습니다. 말해주어서 고마워요.

처음 편집자님이 찾아와 비혼에 대한 이야기를 써보자고
했을 때, 비혼 에세이는 어떻게 써야 잘 쓰는 걸까 많이 고민했
다. 초반에 한 줄을 못 쓰고 주저하고 있을 때 팟캐스트를 통해
만난 다양한 비혼자의 이야기를 들으면서, 내 책도 그 이야기
중 하나로 만들어보자고 가닥을 잡았다. 비혼자의 스테레오 타
입이란 없고, 그걸 기대하거나 무례한 질문을 던지는 사람들이
있을 뿐이라는 것을 우리 방식으로 이야기하자고.

쓰다 보니 자연스럽게 비혼과 상관없는 이야기도 많이 싣
게 되었다. 프롤로그에서 언급했듯 세상은 비혼자를 납작하게
바라보지만, 모든 비혼자가 그렇듯 나는 비혼자라는 이름보다
훨씬 넓고 큰 영역의 사람이니까. 나의 삶에서 빼놓을 수 없는
수많은 동료들의 이야기도 많이 들어갔다. 출간 전에 원고 검
토를 요청했을 때 흔쾌히 허락해준 이들 모두에게 감사의 말을
전한다. 나의 시선으로 적히고 편집된 이야기를 너그러이 양해
해주어 고맙다. 혹시 이 글 안에서 특정 인물이 어딘가 밉고 탐
탁지 않게 느껴진다면 그건 풍부하고 입체적인 존재들을 적절
히 그려내지 못한 내 탓이므로, 미리 양해를 구한다.

지난 책들을 잘 들여다보지 못하는 편이다. 글을 쓰는 것은 늘 필연적으로 후회할 족적을 세상에 남기는 일 같아 두렵기도 하다. 하지만 지난 글이 후회스러울 정도로 조금이나마 나은 사람이 될 수 있다면 후회도 개선도 없이 살아가는 것보다는 낫지 않겠느냐고 스스로를 달래며 용기를 낸다. 이 책에서도 최대한 상처 주지 않는 글을 쓰려 애썼지만 삶의 제한된 경험 속에서 나도 모르는 사이 누군가를 배제하진 않았는지 걱정스럽다. 더 많은 사람들의 이야기를 들으면서 조금씩 더 넓어지기로 다짐하는 것으로 걱정스러운 마음을 가라앉히며 쓴다.

학교에서 배웠어야 할 것들을 나는 스무 살을 넘겨서 만난 사람들을 통해 배웠다. 평등, 다양성, 몸에 대한 생각, 동물권, 환경, 섹슈얼리티에 이르기까지 나는 직간접적으로 나와 접촉한 사람들의 모습을 관찰하면서 배웠고 또 배워나가고 있다. 나에게 어떤 생각을 강요하거나 가르치는 대신 스스로를 드러내는 것으로 가장 좋은 학교가 되어준 친구들에게 늘 감사를 보낸다.

그중에서도 나의 가장 큰 학교, 조카 준이와 솔이에게 특별한 사랑을 보내고 싶다. 두 사람이 어떤 존재로든 성장할 수 있다는 가능성이 늘 내게 많은 길을 열어준다. 내 상상력 너머에 있었던 새로운 사람을 만날 때 두려움을 이겨내고 다가가 이야기를 들어보고 싶어지는 것은 사랑하는 두 사람이 무엇이든 될 수 있는 어린이이기 때문이다. 내가 내 안에 갇혀서 익숙한 생각 속에 주저앉고 싶을 때 늘 나를 일으키고, 내가 늘 스스로를 돌아보고 반성하게 만들어주는 소중한 존재들이다.

동료, 친구, 청취자, 독자, 준이와 솔이를 비롯한 어린이들이 스스로의 존재나 선택을 의심하게 하는 무례한 질문을 마주할 때 상쾌하게 던졌으면 하는 대답으로, '아니 요즘 세상에 누가'를 제목으로 붙였다. '아니 요즘 세상에 누가 결혼을 하라고 해요', '아니 요즘 세상에 누가 성별로 결혼을 가로막아요', '아니 요즘 세상에 누가 몸에 대한 지적을 해요', '아니 요즘 세상에 누가 어린이를 배제해요?' 지금 우리 앞에 놓인 수많은 무례와 질문이 '아니 요즘 세상에 누가' 소리를 들을 수 있도록 빠르게 힘을 잃길 바라고, 늘 스스로의 존재를 증명하라고 강요받는 사람들이 장황하고 모멸적인 설명의 과정 대신 '아니 요즘 세상에 누가 그런 걸 물어!' 하는 것만으로 산뜻하게 앞으로 갈 수 있기를 응원하는 마음으로.

사실 이번 책은 가장 많은 사랑과 부담을 받으며 쓴 책이다. 늘 쓰고 싶은 주제의 책을 내놓으면 미지의 누군가가 응답해주는 과정을 즐거워하면서 글을 써왔는데, 집필 기간에 나온 팟캐스트와 칼럼 등을 통해서 이 책의 정보가 먼저 알려졌기 때문에 일 년이 넘도록 기다려준 고마운 분들이 많이 생겨났다. 만날 때마다 책의 안부를 물어주고 어떤 책이 나오든 즐겁게 읽어주시겠다는 응원을 많이 받았다. 그게 고마우면서도 고마운 사람들을 실망시키는 일만 남은 거라면 어쩌지, 하는 부담이 많았다.

늘 에세이는 작가가 세상을 시끄럽게 사랑하는 방식이라고 생각해왔다. 내가 좋아하거나 감명받은 것들을 이야기하며 내 기쁨과 슬픔을 타인에게 영업하는 일이라고. 그런데 이번에는 이미 있었지만 모르고 살았던 사랑을 발견하고 관찰하면서 글을 썼다. 지금의 나를 만들어준 생각은 어디에서 왔는지, 만나서 술 먹고 놀기 바쁜 친구들이 사실은 내게 어떤 존재인지, 청취자들과 독자들이 나도 모르는 사이 나를 어떻게 수렁에서 건졌는지, 멋짐으로 무장해서 좋아하는 것인 줄만 알았던 내 최애가 사실은 어떻게 내 인생을 움직이고 있는지… 글을 써 내려가면서 복기하는 사이에 생각보다 많은 마음을 주고받으며 살고 있다는 것을 알게 됐다.

그래서 마지막 감사는 그런 놀라운 경험을 할 수 있도록 먼저 손을 내밀어준 조한나 편집자에게 보내고 싶다. 부족한 저자를 늘 믿어주고, 늘 내가 믿을 수 있는 유능한 편집자로 있어주어 글만 열심히 쓸 수 있게 해주었기에 이 사소한 이야기들이 여기까지 왔다. 『아니 요즘 세상에 누가』는 곽민지가 쓰고 조한나가 만든 책이다. 그 작업물이 독자에게 가닿을 수 있도록 그 과정에 손을 보태고 전달을 맡은 많은 분들에게도 감사를 전한다.

독립적이고 고유해서 가치로운 우리 모두가
그럼에도 불구하고 늘 서로의 손을 놓지 않길 바라며,

"더불어 혼자 살아요!" *

* 팟캐스트 비혼세의 클로징 멘트, "혼자 사세요"를 청취자들이 응용한 문구.

사랑하는 나의 동생, 민지에게

작년 1월쯤, 코로나 바이러스의 여파로 아이 둘을 집에서 돌봐야 하는 나를 위해 민지가 우리 집에 왔다. 며칠 동안이었지만 아이들을 재우고 수다를 떨며 마셨던 맥주와 하몽, 아이들이 깰까 봐 작은 소리로 꺽꺽거리며 웃었던 안방에서의 수다가 지금도 그립다.

양치를 마치고 침대에 나란히 누웠을 때, 민지는 툭 던지듯이 말했다.

"언니, 나 팟캐스트나 해볼까? 부부나 육아 얘기는 많은데 비혼인 사람들의 얘기는 거의 없으니까 비혼인들을 대상으로."

그리고 당장 다음 주에 전화가 와서는 팟캐스트 녹음을 할 건데 어떤 이름이 좋겠냐고 물었다. 내 나름대로 머리를 쥐어짜서 몇 가지를 던져주었으나 늘 그랬듯이 실컷 물어봐놓고 결정은 자기가 지은 것으로 했다. 그렇게 '본격 비혼 라이프 가시화 방송, 비혼세'는 코로나를 뚫고 세상에 나왔다.

1화가 올라왔을 때의 신기하고 왠지 모를 벅찬 감정이 아직도 선명한데 어느덧 비혼세는 버릴 것 하나 없는 재미난 아흔네 개(2021년 11월 기준)의 에피소드와 '한줌단'이라는 마음

따뜻한 청취자 모임까지 보유한 꽤 유명한 팟캐스트로 성장했다. (저자가 쓰기에는 민망할 테니 내가 쓴다. 억울하면 책 쓰라고 했지? 너도 억울하면 추천사 써라.) 그리고 그 성공의 연장선에 이 비혼 에세이가 있으리라.

나는 언니가 아닌 독자로서 책에 담긴 곽민지 작가의 따뜻한 시선에 여러 번 감동을 받았다. 작가는 가족, 기혼 여성과 남성, 할머니와 어린이 등의 다양한 사회 구성원을 어떤 프레임이나 필터 없이 각자의 모습 그대로 수용하고 존중한다. 이것은 비혼세의 청취자들도 예외는 아니어서 팟캐스트에 소개되는 사연의 대부분이 그동안 무심코 했던 행동들이 비건인 사람에게 불쾌감을 줬을까 봐, 동성애에 대한 무지함 때문에 자신이 과거 누군가에게 상처를 줬을까 봐, 결혼을 하지 않아 비교적 자유로운 생활 패턴 때문에 혹여 결혼한 친구가 소외감을 느낄까 봐 걱정하고 고민하는 내용이다. 그것을 들으며 모두가 행복할 수 있는 방법을 찾으려 하는 그들의 선하고 열린 사고에 매번 감탄하게 된다.

덕분에 결혼과 출산이라는 그들과는 전혀 접점이 없는 삶을 살고 있는 나도 빨래를 널면서, 등하원 하는 차 안에서, 청소를 하면서 비혼세라는 따뜻한 모닥불에 둘러앉은 한줌단이 기꺼이 내어준 틈에 끼어 앉아 같이 수다를 떤다. 그도 그럴 것이 이들에게 결혼은 수많은 선택지 중 하나일 뿐이고 다양한 삶의 방식 중 하나에 지나지 않기에 결혼을 한 사람을 폄하하거나 배제할 이유도 가르칠 이유도 없는 것이다.

반면 인생의 수많은 결정 중 불과 하나, 결혼하지 않겠다는 결정을 한 '비혼인'들은 종종 그 결정 때문에 황당한 이유로 비난을 받곤 한다. 작가는 서두에 결혼을 하지 않겠다고 말했다는 이유로 인터뷰 제의가 오는 것, 일면식도 없는 사람들의 악플을 감수해야 하는 것을 놀랍다고만 서술했지만 내가 보기에는 기이하다.

내가 결혼과 출산을 했을 때 비혼자와 기혼자 모두에게 축하를 받았던 것처럼 아직 혹은 앞으로 결혼을 하지 않고 살아갈 누군가의 결정도 축하해주었으면, 그게 어려우면 지지해주었으면, 그것마저도 싫다면 최소한 비난은 하지 말았으면 좋겠다. "'더불어' 혼자 살자'고 이야기하는 비혼세와 한줌단이 기혼자와 비혼자를 나누어 바라보지 않듯이, 당신이 선택하지 않은 비혼의 삶을 선택한 이들의 이야기도 한번 들어봐주시기를 권한다. 나와 다르기에 재미있고 흥미로우며 그들과 사회적으로 다르게 분류되어 있지만 공통된 주제로 신나게 떠들다 보면 위로를 받기도 한다.

그래서 나는 이 책이 당장은 잘못된 편견의 뚝배기를 깨부수고 먼 훗날 2021년에 이런 황당한 현상도 있었다는 것을 증명하는 암모나이트가 되길 바란다.

사랑하는 나의 동생 민지야.

비혼세를 통해 매주 새로운 세상을 엿보게 해줘서 고마워.

네가 나에게 그렇듯, 나도 너의 삶을 응원하고 지지해!

너를 21세기 정약용, 한국의 셰익스피어, 교과서에 실릴 인물이라고 진심으로 믿고 있는 언니가.

비혼, 그리고 추천사라는 신세계

〈겨울 왕국〉의 엘사와 안나를 보며 민지와 나 같다는 생각을 한 적이 있다. 성 대신 집 안에 갇혀 지내는 나를 찾아와 "언니, 밖에 나와봐! 여기 진짜 재밌어! 나랑 놀자."라고 내 방문을 두드리는 동생. (민지의 세례명이 안나라니, 이 또한 기가 막힌 우연이 아닐 수 없다.) 팟캐스트 비혼세 출연 역시 그렇게 시작됐다. 코로나로 준비하던 프로그램이 미뤄져서 집에서 넷플릭스나 보며 하릴없이 지내던 나에게 "언니, 나랑 팟캐스트 녹음이나 해볼래?"라고 나를 집 밖으로 불러낸 것이다. 우리끼리 이렇게 막 떠드는 걸 대체 누가 들을까 싶었지만 조금씩 즐겨 듣는 분들이 생기고 어쩌다 '캥 작가 재밌다'는 글이라도 발견하면 내 프로그램 시청률이 잘 나올 때보다 신이 났다.

우리 둘은 같은 방송 작가지만 지금까지 줄곧 방송, 그것도 예능 프로그램만 해왔던 나와 달리 민지는 방송 밖에도 책 쓰는 일을 비롯해서 인터넷 콘텐츠 제작, 공연 기획, 강연까지 정말 다양한 일을 하고 있다. 새로운 건 일단 겁부터 먹는 나와 다르게 도전하는 데 거침이 없다. 술을 마셔도 나는 맨날 비슷한 안주에 똑같은 라거를 먹는다면 민지는 새로 나온 맥주, 처음

간 술집 메뉴판에 있는 신기해 보이는 안주를 시키는 데 주저함이 없다. 그렇게 본인 취향에 딱 맞는, 정말 좋아하는 것들을 자기 삶에 하나씩 쌓아간다. 그런 민지가 해준 추천은 대체로 틀린 적이 없다.

비혼 역시 마찬가지다. 지금까지 나는 결혼을 열망하지도 않았지만 그렇다고 안 해야겠다는 결심을 한 적도 없었다. 때가 되면 대학에 가고, 직장을 얻는 것처럼 그냥 당연한 수순이라고만 생각했다. 그런데 민지와 비혼세를 하면서 그 생각이 조금씩 바뀌었다. 어떻게 해야 행복한지를 끊임없이 고민하면서 하루하루 자기만의 색깔로 열심히 살아가는 민지의 친구들과 다양한 청취자분들을 보면서 '뭐야, 결혼… 꼭 해야 되는 건 아니잖아? 안 해도 충분히 재미있게 살 수 있겠는데?' 내 인생에 처음으로 비혼이라는 옵션이 생겼다. 인생에 하나의 선택지가 추가됐을 뿐인데 이상하게 안정감이 생겼다.

나에겐 육 년 된 애인이 있다. 마흔 살을 눈앞에 둔 지금, 수험생 애인의 합격을 기다리느라 한 살 한 살 나이를 먹어가는 게 마음 한편으로 불안했던 것도 사실이다. 그런데 그 불안함은 우리 사이에 결혼과 출산이 필수 옵션일 때 생기는 불안이라는 걸 최근에서야 깨달았다. 해도 좋지만 안 해도 행복할거란 확신이 생기고 나니 둘의 관계도 더 좋아졌다. 이 모든 건 겁 많고 게으른 나의 신발을 기꺼이 신게 하고 세상 이곳저곳을 구경시켜주는 내 동생 안나, 민지 덕분이다.

　이제는 하다하다 민지 덕분에 추천사라고는 배달 어플 리뷰나 천재 강아지 김재환(가수/보컬 천재, 댄스 천재, 기타 등등 천재) 영상 댓글밖엔 써본 적 없는 내가 책 추천사를 써보는 경험까지 해보게 됐다. 정말이지 영광이 아닐 수 없다. 내가 그랬듯 이제는 많은 사람들이 이 책을 통해 민지가 열어주는 비혼이라는 신세계에 눈을 뜨길 바란다. 읽고 나면 이미 비혼을 결심했거나, 고민 중이거나 심지어 아니라 하더라도 '다 괜찮아. 어떤 색깔의 삶이든 다 응원해.'라는 다정한 위로를 얻게 될 것이다.

아니 요즘 세상에 누가

초판 1쇄 인쇄 2021년 12월 1일 **초판 1쇄 발행** 2021년 12월 10일

지은이 곽민지
펴낸이 이승현

편집1 본부장 배민수
에세이1 팀장 한수미
편집 조한나
캘리그라피 곽민지
디자인 함지현

펴낸곳 ㈜위즈덤하우스 **출판등록** 2000년 5월 23일 제13-1071호
주소 서울특별시 마포구 양화로 19 합정오피스빌딩 17층
전화 02) 2179-5600 **홈페이지** www.wisdomhouse.co.kr

ⓒ 곽민지, 2021

ISBN 979-11-6812-104-1 03810